# 멀쩡한 어른 되긴 글렀군

KB192790

# 멀쩡한 어른 되긴 글렀군

내 일상에 브레이크를 거는 짱구의 삐딱한 인생 기술

최고운 지음

위즈덤하우스

# 안 멀쩡한 세상에서
# 짱구처럼 자유롭게

참 희한한 일이다. 평소에는 딱히 어른임을 자각하지 않다가 하기 싫은 것을 하며 버텨야 하는 순간에만 내가 어른이라는 사실을 깨닫는다. '으윽, 내일 왜 월요일이야? 출근하기 싫어' '으윽, 지금 막 졸리기 시작했는데 양치하기 싫어' '으윽, 사촌 동생 결혼식에 가기 싫어. 맞는 옷도 없어!' 그렇게 실컷 넌더리를 내고 난 후, 꾹 참고 마음을 다스리며 덧붙이는 말, '그래……. 어른이니까 해내자.'

대단하고 거창할 것 없는 결심에다가 '어른'임을 소환하는 것도 민망한데, 그렇다고 늘 해내는 것도 아니다. 나는 종종 포기하고 대충 넘어간다. 그뿐이 아니다.

아이처럼 한눈팔지 말고 정신 차리고 살라고 재촉당할 때마다 불쑥 걸음을 멈추고 싶다.
어른이면 어른답게, 어른의 속도에 맞게
졸업하고 취직하고 결혼하고 출산하며 살라고 등 떠밀릴 때마다
느긋하게 속도를 줄이다가 아예 그 자리에 눕고 싶다.

설마 제 배를 째실 건 아니죠?
과속방지턱이라 여기고 살며시 지나가 주세요!

어른이란 다 자라서 자기 일에 책임을 질 수 있는 사람이라고 국어사
전에 적혀 있던데, 이게 어떻게 된 일일까.

멀쩡한 어른이 되기엔 그른 걸까.

하지만 어쩔 수 없다. 나도 어른이 되고 나서야 어른도 구몬 숙제를 밀
린다는 사실을 알게 됐으니, 이게 다 내 책임만은 아니다. 분명한 건 세
상에는 세상이 바라는 어른의 이데아가 따로 있고, 현실의 어른들은 각
자 생긴 대로 살기도 바쁘다는 것이다.

내가 사소한 결심에도 총력을 기울이며 겨우 살고 있듯이
어딘가에는 소심함을 감추고 대범한 척 사는 어른도 있을 것이고,
사는 게 지루해서 몸을 비비 꼬면서도

진지하고 점잖은 척하는 어른도 있을 것이다.
매 순간 애쓰지 않고 노력하지 않으면 큰일 날까 봐
확신 없는 공무원 시험을 보고 대학원에 가고 결혼을 하며
등 떠밀려 사느라 속마음이 불안한 어른들이 분명 있을 것이다.
인생을 능숙하게 돌파하고 싶었지만, 예상 밖이라 당황한 적 있는 사람,
낮에는 저임금, 밤에는 이게 사는 건가 싶은 '낮저밤이' 사람,
훌륭한 어른이 되진 못했어도 자기만의 방식으로 제법 살아가는 어른들이
이 책을 읽어주면 좋겠다.
고단한 하루 끝에 가볍게 맥주 한 잔 마시며 짱구 만화를 보듯이 말이다.

거침없이 질문하고 제멋대로 생각하지만, 모두가 사랑하는 짱구를 보며 웃다 보면 어느새 인생에 대한 고민도 옅어질 것이다. "계획대로 되지 않는 게 인생이야." 장난스러운 말투로 아무렇게나 던지는 짱구의 말 한마디가 어렸을 땐 그저 웃기기만 했는데, 이제는 묘한 위안이 된다.

어른은 그래선 안 된다고 누군가 내게 충고하려고 들 때
짱구를 떠올리면, 나 역시 절대 타협하지 않겠다는 배짱이 생겨난다.
상대가 누구라도 두 손 두 발 다 들게 하는 짱구처럼 말이다.

내가 어른이 되는 동안에도 짱구는 1990년부터 지금까지 그 모습 그대로 머물러 있다. 학교 복도에서 '올라올라' 엉덩이춤을 추던 내가 이제 어른이 되어 맥주잔을 들고 짱구를 따라 신나게 엉덩이를 씰룩인다. 아마 앞으로도 그럴 것이다. 액션유치원에서는 아무도 나이를 먹지 않는 덕분이다.

이 '안 멀쩡한 어른 가득한 안 멀쩡한 세상'에
영원히 어른이 되지 않는 짱구가 있어
얼마나 다행인지 모른다.

## Part 2.

## Part 3.

**Part 4.**

# Part 5.

# Part 1.

## 내일 지구가
## 멸망하더라도
## 나는 오늘의 엉덩이를
## 씰룩이겠다

결투를 신청하신다면

**액션 가면을 드리겠습니다**

짱구는 좀 이상한 아이다. 짱구의 첫인상을 말하자면, 남의 말을 안 듣고 제멋대로 해석해버리는 별나도 너무 별난 아이. 물론 상대방의 의도를 백 퍼센트 파악하고 그 말뜻을 이해하는 사람은 없을 것이다. 하지만 서로 다른 우리가 관계를 맺고 함께 살아갈 수 있는 건, 타인의 입장에서 속마음을 파악해 보려는 태도를 자연스레 배웠기 때문일 것이다. 그런 의미에서 보면, 짱구는 배려와 공감이라곤 전혀 찾아볼 수 없는 애일지도 모른다. 그래서일까? 처음 짱구를 봤을 땐 '정말 피곤한 아이구나. 현실에서라면 되도록 마주치고 싶지 않아' 하는 마음이 컸다. 솔직히 그랬다. 그런데 유치원 상급생과 미끄럼틀에서 싸움이 붙게 된 순간, 위기를 모면할 생각조차 하지 않고 제 갈 길을 가는 짱구를 보며 정말 깜짝 놀라고 만 것이다.

대체 쟤는 뭐야?

아무리 어린아이라지만, 저렇게까지 통제 불능의 사고뭉치일 수 있을까? 그러나 짱구를 나쁘게만 봤던 나야말로 어린이에 대해 무지했던 것이다. 어린이는 어린 채로 머물러 있지 않고 계속해서 배우고 자라니까……. 도리어 멈춰 있는 것은 어른이지. 폭력적으로 미끄럼틀을 점령하려던 유치원 상급생들이 거창하게 결투를 신청했지만, 짱구 눈에는 결투 신청이 대수롭지 않은 놀이로밖에 보이지 않는다. 짱구는 아이의 눈으로 세상을 보니까 말이다. 그리고 그것이 진짜 아무것도 모르는 어린이여서 그런 건지, '같은 아이들끼리 심각하게 무슨 결투야, 놀이터를 나눠서 놀면 되지' 하는 씩씩한 마음으로 내뱉은 말이었는지는 모른다. 그건 어른이 된 내 머릿속에 남은 의문이다.

미숙한 어린 시절을 지나 어른이 된 지금 다시 생각해본다.

나는 잘 자라 어른이 된 걸까?

상대방의 의도와 상관없이,
속마음을 능숙하게 알아차렸다고 믿은 적은 없었나.

그리고 그 믿음이 이해와 배려로 가지 않고,
결투 신청이 되어버린 적은 없었을까.

아무래도 자신 있게 대답하지 못하겠다.

어른이 된 나에게 필요한 건 짱구 같은 친구가 아닐까 생각한다. 누군가가 나를 좋아하는 마음보다 싫어하는 마음을 더 빨리 알아차리게 되는 것. 쓸쓸해도 그런 게 어른의 눈치라고 여겨질 때마다, 얘가 뭘 알고 말하는 건지 모르고 말하는 건지 종잡을 수 없는 짱구처럼 태연해지고 싶다. 결투 신청을 받고도 그것을 똑같이 받아치기보다는 무력화시키는 어른이 되고 싶다.

응가맨이 되도록

당신도 부끄러워 말고

액션유치원에서는 함부로 응가를 할 수 없다. '응가맨'이라고 놀리는 아이들 때문이다.
유치원에서 함부로 응가를 하면 놀림감이 된다는 소문이 순식간에 퍼지고,
아이들은 창피해서 화장실을 마음 놓고 갈 수 없게 되었다.
바로 그때, 짱구는 응가맨이 된 걸 오히려 자랑스러워하는데……

《크레용 신짱》 29권 67~68쪽에서

짱구의 응가맨 이야기를 보면서 잊고 있던 어린 시절이 불쑥 떠올랐다. 어째서 학교에서 방귀를 뀌거나 똥을 누는 게 부끄러운 일이 되었는지는 지금도 모르겠다. 아무튼 그 시절, 학교가 끝날 때까지 방귀나 똥을 참다가 변비에 걸린 아이들이 속출했다. 거기엔 나도 포함이었지. 아이라서 뒤처리가 능숙하지 않아 변기에 흔적이 남게 되어서일까, 그걸 다음에 들어온 아이가 보면 기분이 좋지 않아서일까, 옆 칸에서 오줌을 누던 아이에게 똥 냄새가 전해져서일까, 아무리 생각해도 명확한 이유가 떠오르지 않는다. 하지만 "쟤 똥 쌌어"라고 놀리는 친구들만은 또렷하게 기억난다. 그때 우리 학교에 응가맨을 자처하는 짱구 같은 친구가 있었다면, 어린이 변비 환자로 시작해 만성 변비에 시달리는 어른이 될 때까지 평생을 고통받지 않아도 되었을 텐데!

　나는 해답을 찾기 위해 아는 어린이에게 연락했다. 똥이나 방귀 이야기만 나오면 즉시 웃음을 터트리는 어린이 한 명을 알고 있다. 이 친구에게 응가맨이 된 짱구 만화를 보여주면서 감상을 물어보고 싶었다. 하지만 만화를 다 본 어린이가 '웃기다'는 1차원적인 대답을 했기 때문에 나는 질문을 바꿔 다시 물어봤다.

　　"그래서 너도 응가맨이 되고 싶니?" 어린이는 '그건 싫다'고 했다.
　　'하지만 친구 중에 응가맨이 있으면 좋을 것 같다'고 했다.
　　"그건 나도 마찬가지야. 생리현상으로 나를 괴롭히는 인간은 없지만,
　　친구 중에 응가맨이 있으면 좋겠다고 생각해."

"이모 학교 다녀? 똥이 안 나와?"

어린이의 물음에 나는 생각에 잠겼다. 어떻게 대답을 해야 하는가.

이 사회는 학교보다 지독하고 변비보다 답답한 일들로 가득 차

응가맨이 절실히 필요하다는 것을…….

비정규직으로 잠시 일했던 출판사는, 직원이 사장을 포함해 다섯 명이었다. 일을 시작한 지 일주일쯤 되는 날 그중 한 명이 퇴사를 앞두고 있다는 걸 알게 되었다. 직감적으로 좋지 않은 회사에 들어왔다는 걸 느꼈다. 일 자체의 고됨보다는 같이 일하는 사람이 누구인지가 중요할 때가 많은데 이곳의 문제는 하필이면 사장이었다. 직원들에게 친근하게 굴답시고 사적인 질문을 아무렇지 않게 하는 것도 피곤했지만, 가족 같은 분위기를 강조하다 못해 매일 점심을 다 같이 먹는 암묵적인 규칙이야말로 최악이었다. 사장이 회사 건물 1층에 있는 식당 몇 군데를 돌아가면서 메뉴를 정하면, 그래 봤자 다섯 명뿐인 전 직원이 모두 한 테이블에 앉아 밥을 먹어야 했다. 사장은 밥을 먹으면서 계속해서 일 얘기를 했다. 이렇게 밥을 먹으면서 자유롭게 회의를 진행하면, 여러분의 야근을 줄일 수 있다는 말을 웃는 낯짝으로 잘도 했다. 그래 봤자 다섯 명이 전부인 회사였기 때문에 눈에 띄지 않게 인상을 쓸 수도 없는 노릇이었다. 입사 일주일쯤 지나자 나는 미각을 상실하기 시작했고 김치찌개, 돈가스 할 것 없이 모든 음식물이 모래알처럼 씹혔다. "저는 이제 필요 없네요"라며, 퇴사를 앞둔 직원이 마지막으로 출근하던 날 내게

넘겨준 것은 소화제였다.

　나도 어차피 이 회사에 마음이 떠났기 때문에, 맡은 일만 마무리
하고 그만두자는 생각으로 업무 시간 내내 입을 다물고 돌부처처럼 앉
아 있었다. 점심시간마다 고통스럽긴 했지만 한 시간만 버티자는 심정
으로 '나는 지금 연료를 주입하는 로봇이다'라고 생각하며 마인드 컨트
롤을 했다. 경기 불황 탓인지 빠르게 충원이 되어 그 사람이 나타나기
전까진 말이다. 그 사람은 고작 두 번째 단체 점심 식사 자리에서 사장
의 말을 잘랐다.

　　"어머, 사장님! 말을 많이 하시느라 허겁지겁 드셔서
　　꼭 체할 것 같아요. 아유~ 꼭꼭 씹어 드세요!"

본인이 체할 것 같다는 건지 사장이 체할까 봐 걱정하는 건지 모를 그
모호한 발언은, 아주 밝은 표정과 함께 물 흐르듯 나왔다. 사장은 겸연
쩍게 "어험" 하고 웃더니 밥 먹는 속도를 늦추고 말을 멈췄다. 하지만
오랜 습관은 쉽게 고쳐질 리가 없어서 사장은 다시 일 이야기를 꺼내
며 말에 속도를 붙이기 시작했다. 나는 가시방석이 따로 없는 이 상황
이 너무 흥미진진해서 견디기가 힘들었다.

　　"오호호~ 그 일은 올라가서 확인을 해봐야 하는 것 맞죠?"

사장의 말이 빨라지기가 무섭게 그 사람은 대화에 껴들었다. 내 기억에, 식사 중에는 한 번도 말을 하지 않았던 직원이 "제가 알고 있으니까 이따가 찾아 드릴게요" 하며 거들었다. 그때까지 점심시간은 사장의 일방적인 훈화 시간이나 다름없었지만, 그 사람은 단숨에 점심시간을 대화의 장으로 만들어버린 거였다. 그리고 내 귀엔 '확인이 필요한 일 얘기, 고만 좀 하시죠'라는 경고로 들렸다. 그 사람은 정말 대단했다.

> "저는 내일 점심에 약속이 생겼어요.
> 단체 식사가 설마 강제는 아니죠? 군대도 아닌데…… 호호.
> 아 참, 그리고 저는 원래 도시락을 싸 오는데
> 같이 드실 분 있으시면 말씀해주세요~ 오늘도 잘 먹었습니다!"

사장의 표정이 복잡하게 굳어버리는 걸 보고 나니, 소화제가 없어도 속이 시원했다. 얼마 뒤 나는, 업무가 마무리되면서 자연스럽게 그 사무실에 나가지 않게 되었다. 따로 연락하는 사람이 없어서 이후 분위기가 얼마나 바뀌었는지는 모르겠지만, 그때 전하지 못한 인사를 하고 싶다.

> 경직된 분위기를 솔직함으로 녹여버릴 수 있는 재능을 가진 사람,
> 불편하고 답답한 분위기도 자연스럽게 바꾸는 재주를 가진 사람.
> 그런 사람은 어딜 가더라도 인기가 좋은 법이니
> 어디서든 잘 될 거예요. 고마웠어요, 응가맨!

오늘의 고기만두를
**내일로 미루지 말자**

《크레용 신짱》 3권 66쪽에서

내가 어릴 적엔 유치원에 다니는 어린이라면 누구라도 돼지 저금통을 하나씩 갖고 있었다. "땡그랑 한 푼~ 땡그랑 두 푼~" 이렇게 시작해서 "하하하. 우리는 착한 어린이~ 아껴 쓰고 저축하는 알뜰한 어린이!" 이렇게 끝나는 동요도 배웠지. 부모님 어깨 주무르기, 흰머리 뽑기, 두부 한 모 사 오기 같은 심부름을 하고 난 뒤에 그 대가로 동전을 받았다. 그 동전은 착실히 모아야 했고 친척이나 동네 어른들이 귀엽다고 쥐여주는 용돈도 마찬가지, 무조건 돼지 저금통 안으로 들어갔다. 그러다 유치원을 졸업하고 초등학교에 입학하면 학교 안에 작은 은행이 있었고, 1학년 때 통장을 만들어서 6학년 때 만기가 되는 식이었다. 입학과 동시에 돼지 저금통의 배를 갈라 어린이 통장의 종잣돈을 마련하는 것으로 본격 저축 어린이가 되는 거였다.

이제 와 고백하자면 난 태어날 때부터 지금까지 소비형 인간을 지향했다. 하지만 여건이 받쳐주지 않아 초등학교 1학년 때부터 고통받았지. 어째서 고작 컵 떡볶이 하나도 내 마음대로 사 먹을 수 없는 걸까, 어째서 조상님들은 '티끌 모아 태산'이라는 속담을 만든 걸까. 티끌이 태산이 되기 전에 인간이 먼저 죽을 확률이 훨씬 높을 텐데……. 사람들은 왜 서로에게 그런 희망 고문을 하는 걸까. 마구 소비하며 살고 싶은 반발심이 들끓었지만, 불행인지 다행인지 넉넉하지 않은 가정 형편 덕분에 나는 간이 아주 작은 어른으로 자라났다. 마음만은 술잔에 술이 남아 있는 꼴을 못 보고 남김없이 마시듯, 돈도 지갑에 있는 꼴을 못 보고 펑펑 써보고 싶다! 마음만은 신용카드 무이자 할부가 아니라 기분 좋게 현금으로 척척 쓰는 어른이 되고 싶다! 하지만 그럴 수 없으니 일찍부터 한탕주의를 멀리하고, 돈도 없지만 빚도 없는 어른이 되기로 한 것이다.

사람은 저마다 생긴 대로 살아가는 법이니까. 어린 시절 그 동요처럼 한 푼 두 푼 모아서 티끌이 태산이 되는 날까지 아끼고 모으는 데서 기쁨과 보람을 느낄 수도 있고, 한 푼 두 푼 모으다가 세 푼쯤 모았을 땐 거기서 한 푼을 떼어내서 지금까지 수고한 자신에게 작은 보상을 해주는 데서 삶의 의미를 찾을 수도 있다. 어떻게든 스스로 정한 행복의 방식대로 살면 괜찮지 않을까? 이런 속 편한 생각으로 살아오던 어느 날, 우연히 틀어놓은 아침방송에 등장한 한 강연자가 나를 완전히 열 받게 했다.

"여러분, 매일 아침 커피 한 잔에 삼천 원! 꼭 마셔야 할까요?
한 달이면 구만 원, 일 년이면 무려 백만 원을 모을 수 있어요."
방청객들의 "와~" 하는 기계적인 호응이 들렸다.
'와'는 무슨 '와'야. 자동으로 하던 일을 멈추고 텔레비전을 흘겨봤다.
"그리고 여러분이 커피만 마시는 건 아니잖아요. 그렇죠?
달콤한 조각 케이크니 뭐니 간식 비용이 대충
칠팔천 원꼴로 나간다고 쳤을 때
한 달이면 이십만 원, 일 년이면 무려 이백오십만 원입니다.
이토록 아무 생각 없이 써버리는 돈의 액수가 이렇게나 크다는 사실!

여러분~ 무섭지 않습니까?"

나는 텔레비전을 꺼버리고 집에서 나와 동네에서 제일 맛있는 스시집으로 직진, 만팔천 원짜리 초밥 세트와 사천 원짜리 생맥주를 시켰다. 이것은 순전히 '개인의 삶과 소비의 가치를 존중하지 않는 태도에는 확실하게 반발해야 한다'는 사명감으로 행한 일이었다.

> '더 이상 속 편한 생각으로 살지 않겠어.'
> '하루하루 누릴 수 있는 작은 행복을 무조건 챙기면서 살겠어.'
> '자고 일어났을 때 내일이 올지 다음 생이 올지는
> 아무도 모른다는 비장한 마음으로
> 매일 최선을 다해 그날의 행복을 찾겠어.'

당연히 초밥은 맛있었다.

불경기가 지겹게 이어진 탓도 있겠지만, 언제부턴가 아끼고 또 아끼자는 사회적 분위기가 과하다 못해 무례할 정도의 강요로 전파되는 것 같다.

> '어디다 대고 쓸데없다는 거야! 아니, 누구더러 생각이 없다는 거야!
> 고단할 게 분명한 하루를 시작하며 마시는 커피 한 잔과
> 스트레스가 눈 녹듯 사라지는 달콤한 케이크를 먹는 시간은

고작 일 년이면 얼마 따위의 수치로 환산할 수 없는 위안을 준다고!'

나는 불확실한 미래를 향해 꾸역꾸역 견디는 삶이 아니라 '소소하지만 확실한 행복'을 찾아서 하루하루를 살겠다고 다시 한 번 굳게 마음먹었다.

그래서 내 어린이 통장에 있던 돈들은 어떻게 써버렸더라? 딱히 기억이 안 나는 걸 보면, 짱구처럼 평소에 갖고 싶던 걸 사서 셀프 선물을 해준 건 아니었던 것 같다. 아마 그때의 내 친구들도 비슷했을 것이다. 중학교에 가면 필요한 참고서를 샀거나, 컴퓨터를 장만하는 데 보탰을지도 모른다. 당연히 이런 것들은 모두 부모님이 정해준 소비였겠지. 그게 나쁘다고 생각하는 건 절대 아니다. 하지만 삼천 원을 아끼고 팔천 원을 아껴서 한 달, 또 일 년 후에 달성할 숫자만 바라보면서 하루하루를 참고 견디라고 설파하는 사람들은 절대로 모르는 것이 있다. 그런 사람들이 만약 삶의 사이사이에 짱구처럼 고기만두도 사 먹고, 좋아하는 사진집도 사 보고, 열심히 사는 자신을 위해 한 번쯤 숨통을 트이게 해줬다면, 함부로 타인의 행복을 숫자로 환산해서 저울질하는 무례한 짓은 하지 않았을 것이다.

매일 행복한 사람은 아무도 없다. 그런 건 삶이 아닐 테니까. 행복한 삶을 원하지 않는 사람도 없고, 삶의 과정에서 참고 견디며 때로는 고통받는 게 인생이라는 걸 모르는 사람도 없다. 그러니 우리에게 가혹하지 말았으면 한다. 크고 거창하지 않아도 좋다. 유난히 지친 오늘의 내가 원하는 것이 무엇인지 아는 것. 그것부터 시작해보자.

당장 몇천 원이면 가능한 그날의 행복을 위해,
작은 소비를 해보는 경험을 부디 차단하지 않길 바란다.
참고 견디며 버티다가 마지막에서야 오는 행복은,
소멸하기 전에 반짝이는 별처럼 슬프다.
하루하루 작은 행복이 쌓여야 오늘의 내가 행복하고,
오늘의 내가 행복해야 미래의 나도 행복하다는 걸 기억했으면 한다.

인생은 결과가 아니라 과정이니까.

스몰 토크
주의보

《크레용 신짱》 4권 13쪽에서

'어린아이들에게 외모를 칭찬하는 것을 주의하라'는 내용의 칼럼을 읽은 적이 있다. 외모를 지적하거나 흉보는 것이 나쁘다는 건 알고 있었지만, 칭찬하는 것이 문제가 될 거라고는 미처 생각하지 못했던 터라 열심히 읽은 기억이 있다. 누군가의 외모에 대해 말하는 건, 평가가 되기 쉽고 좋은 쪽이든 나쁜 쪽이든 타인의 외모를 말하는 것만으로도 충분히 주의해야 한다는 이야기는 당연했는데 말이다. 그 이야기를 미처 생각하지 못했던 건, 남의 외모, 결혼 여부, 사는 곳, 모는 차 같은 것들에 대해 아무렇지 않게 물어보는 세상에서 너무 오래 살아온 탓일지도……

　이후 나는 사람들과 '스몰 토크'를 나눌 때, 여러 면에서 좀 더 조심하려 노력한다. 가령 "남자친구 있어요?" 혹은 "여자친구 있어요?" 같은 질문은 최대한 하지 않으려고 하지만, 대화의 흐름상 물어봐야 할 것 같을 때는 조금 덜 무례해 보일까 싶은 마음으로 "애인 있으세요?"로 묻는다든지 하는 방식으로 말이다.

　남자친구 또는 여자친구가 있느냐는 질문은 자칫 두 가지 면에서 무례하게 느껴질 수 있다. 첫째, 상대가 사적인 정보를 나에게 말하고 싶지 않을 수도 있는데 그걸 헤아리지 못하고 물어보는 경우다. 둘째, 무조건 이성애자라고 생각하고 묻는 것 또한 불쾌한 일이 될 수 있다. 그래서 나 또한 별로 친밀한 관계가 아닌 사람이 대뜸 '남자친구 있느냐'고 물어 오면, "제가 남자를 좋아하는지 여자를 좋아하는지 어떻게 알고 물으세요?"라고 받아치기도 했다. 높은 확률로 나보다 나이가 많은 사람들이었고, 대부분은 나더러 이상한 농담을 한다는 식으로 웃어넘겼지만 말이다. 물론 난 그들과 좋은 관계를 유지하지 못했지만.

하지만 별 볼 일 없는 관계는 제쳐 두고서라도, 꽤 많은 경우 무례하지 않게 사적인 정보를 묻고 답하는 순간을 나누어야만 좋은 관계를 지속하는 건 사실이다. 문제는 언제부터인지 우리나라 사람들이 어려 보이는 것, 즉 '동안'에 대한 집착이 심해졌다는 거다. 세상이 나서서 어려지는 법, 안티에이징 화장품 같은 것들을 팔아대는 통에 피로감마저 느껴진다. 자고로 살아 있는 모든 것은 제 나이다울 때 가장 자연스러운 법인데 "어려 보이세요~" 같은 말이 호감 있는 상대에게 보내는 매너 있는 인사말이 되고, 급기야 예상되는 나이에서 두어 살을 깎아주는 것이 암묵적인 예의로 통용되는 분위기까지 생기고 말았다. 그러다 보니 나이를 깎는다고 깎았지만 제대로 맞추어 버리는 불상사까지 종종 일어나기도 한다. 근데 그보다 더 곤혹스러운 순간이 있다. 바로 "저 몇 살로 보이세요?"라고 대뜸 물으면서 자신의 동안을 인정받을 채비를 이미 마친 사람을 만났을 때다. 그럴 땐 "정말~ 어려 보이세요~ 한 세 살로 보여요"라고 대답하라는 팁까지 있다니까?!

왜 이런 짜고 치는 고스톱, 아니 뻔한 공치사에 에너지를 써야 하나 싶다. 하지만 나는 사회의 한 구성원으로서 최대한 상대의 외모나 나이 같은 실례되는 물음은 피하면서 '스몰 토크'를 능숙하게 해내기 위해 오늘도 머리를 굴리며 살고 있다.

한번은 이런 내게도 위기의 순간이 있었다. 입에 발린 찬양의 말에 중독된 한 중년 남성과의 회식 자리에서였다. 나를 포함한 그 자리에 있던 이들이 우리의 밥줄을 쥐고 있는 중년 남성의 기분에 맞춰야 했는데 그는 하필 적당한 때에 그만두는 법을 모르는 사람이었던 거다. 인내심에 한계를 느낀 나는 머릿속으로 짱구를 떠올렸다. 짱구, 바로 이런 순간이야말로 짱구가 필요해.

짱구처럼 불쑥 끼어들어
"좋아하시긴~ 공치사라는 겁니다."
"앗, 방금 그것도 공치사!"
"이번에도 지나친 공치사군요."
"짜잔! 공치사 연속 콤보!" 같은 말들을 마구 외치는 나를 상상하며, 그렇게 분위기에 어울리는 미소를 한껏 짓고 있었다.

이렇게 달리는 것도 내 힘인데? 네 힘으로 달려야지!

나쁜 토끼들에게 맞고 있는 불쌍한 거북이를 본 짱구 거북이.

마라톤 승부에서 이기면 불쌍한 거북이를 풀어주겠다는 토끼들.

《크레용 신짱》 18권 76, 77, 79쪽에서

말에서 내려온 짱구 거북이와 토끼의 경주가 시작되고,
토끼들의 방해 공작이 전화위복이 되어 짱구 거북이는 결승점에 먼저 도착한다.

이솝우화는 친숙한 동물을 주인공으로 한 이야기라 재미도 있고, 그 안에서 삶의 교훈도 찾을 수 있다. 보통 어린 시절 동화책으로 먼저 접하게 되는데 그중 몇몇 이야기는 나이를 먹을수록 점점 과연 이게 삶의 교훈이 맞나 싶은 생각이 들게 한다. 예를 들어 〈개미와 베짱이〉를 보면 그렇다. 현실의 개미는 특별한 재주가 없기에 장시간 노동이 불가피한 저임금 구조 속에서 일해도 계속 가난하지만, 예술을 사랑하고 현재를 즐기는 베짱이는 추운 겨울에도 저작권료로 잘 먹고 잘살지 않나 하는 그런 생각 말이다.

〈토끼와 거북이〉는 또 어떤가. 애초에 재빠른 토끼와 느림보 거북이 사이에 달리기 경주가 성사된다는 것 자체가 스포츠 정신에 위배되는 일인데, 성실함과 꾸준함만 있다면 불공정한 경쟁에서도 좋은 결과를 얻을 수 있다는 이야기는 희망 고문에 지나지 않는다. '실력 차와 관계없이 꾸준히 노력하는 자가 결국 승리한다'는 성공 신화가 더는 팔리지 않는 시대를 사는 어른들은 차라리 1등은 장담 못 하더라도 묵묵히 자기 속도로 인생을 사는 거북이에게서 위로와 공감을 얻는 편이 더 나을지도 모른다. 그렇게 어른이 된 나는, 어린 시절에 만난 이솝우화와 불화하게 되었다.

아니 그런데, 짱구는 너무 이상한 거북이야.

누가 괴롭힘을 당할 때 지나치지 못하고 꼭 참견하고야 마는 오지랖에는 깊이 공감하지만, 무모한 대결을 수락해버리는 전개는 너무 뻔하다고 생각했지.

> 거북이는 우공이산(愚公移山)* 이요,
> 토끼는 자업자득(自業自得)** 이니라.

> 네네, 잘 알고 있어요. 크게 와 닿지는 않지만.

정작 내가 놀란 건, 자신에게 절대적으로 불리한 대결을 대하는 짱구의 태도였다.

 좋아. 일단 밥부터 먹자. 그래야 힘이 나지.
음. 느긋하게 후식으로 차도 한잔 마실까?

쫄리는 상황에선 늘 하품이 나왔다. 어린 시절 학급 대표로 무대 위에 서야 할 순서를 기다릴 때도 연신 하품이 나와서, 선생님은 나더러 "참 대범한 아이구나?" 하셨지만, 지금에 와서 고백하건데 선생님. 그게 아니라 너무 떨려서 자꾸 아득해지는 기분이 들더니 하품이 난 거거든요.

---

* 우공이산: 한 가지 일을 끝까지 밀고 나가면 언젠가는 목적을 달성할 수 있다는 뜻의 사자성어.
** 자업자득: 불교에서 제가 저지른 일의 과보를 제 스스로 받음을 이르는 말.

전문가들 말에 따르면 하품의 메커니즘은 생각보다 복잡해서, 단지 지루하거나 졸릴 때 이산화탄소 부족 현상에 의해서만 발생하는 게 아니라고 한다. 뇌를 많이 사용하는 극도의 긴장 상태에서도 뇌 온도를 내리기 위해 발생하기도 한다고……. 운동선수들도 중요한 시합 출전을 앞두고서 곧잘 하품할 뿐만 아니라 낙하산 강하 훈련에 참여한 군인들이 비행기에서 뛰어내리기 전에 하품하는 경우도 많다고 한다. 그런데 짱구 거북이는 뭐야? 하품은커녕 든든하게 배부터 채우고 느긋하게 차까지 마시려고 할 줄이야. 나는 상상조차 해본 적 없는 완벽한 상황통제 능력이네. 한마디로 배짱!

> 배짱이 좋은 사람은 일면 무모해 보이기도 하지만,
> 삶의 많은 국면에서 유리하다.

뜻한 바를 이루기 위한 첫걸음을 뗄 때 시작이 반이라면, 두둑한 배짱이 있는 사람은 그 나머지의 반은 먹고 들어가는 것 같다. 오히려 걱정하는 이들에게 "신경 쓰지 마, 난 완주가 목표거든"이라고 말할 수 있는 것도, 승패에 연연하지 않으며 '나에겐 오직 나와의 싸움만이 있을 뿐!' 이런 태도를 견지하는 것도, 모두 두둑한 배짱에서 나오는 걸 테다.

한동안 쏟아지던 오디션 프로그램의 인기가 치솟을 때도 보기 힘들었던 건, 경쟁 상태에 놓인 이들의 불안과 초조가 고스란히 전이되는 그 감정이 견디기 힘들어서였다. 예상치 못한 미션, 촉박한 시간, 혹독한 연습으로 인한 컨디션 저조 같은 변수들……. 보기만 해도 하품을 하다 말고 정신이 아득해질 것 같은 저 잔인한 정글에서, 누군가는 반드시 울게 되는 결말을 굳이 나까지 봐야 할까. 하지만 그 안에서도 상황을 통제하고, 한번 해 볼 만한 시도로 만들며 도전 자체를 즐기는 짱구 같은 사람이 꼭 있었다.

어디 이것도 한번 해내는지 보자는 듯

무표정한 얼굴로 지켜보던 심사위원들의 예상을 깨고

엉뚱한 상상력을 내놓는 짱구처럼

나도 내 인생의 트랙 위에서

"네 힘으로 달려야지!"라고 쉽게 말하는 사람들 앞에

말을 타고 나타나

"이렇게 달리는 것도 내 힘인데?" 해보고 싶다.

인생이 예상 밖이라면

오케이입니다

자다가 이불에 쉬를 하고 옷을 갈아입은 짱구.
비가 많이 와 빨래가 마르지 않아 마지막 옷이니 더럽히면 안 된다는 엄마.
우산을 쓰고 외출한 짱구는 차바퀴가 빗물을 튀길 때 우산으로 계속 장난을 친다.

《크레용 신짱》 34권 8쪽에서

45

서울의 서쪽에 살다 보니 바다를 보러 강화도까지 가는 데 두 시간이 채 걸리지 않는다. 그래서 나는 애인과 코스모스가 필 때쯤이면 꼭 강화도에 간다. 꽃도 보고 산도 보면서 차를 타고 달리다 보면 똑같은 하늘인데도 서울에서 보던 것과는 달리 더 높고 예뻐 보인다. 그리고 일상으로부터 엄청나게 멀리 탈출한 것 같은 착각이 들어 들뜨게 된다. 가을마다 날을 잡아 강화도에서 드라이브하고 새우구이를 실컷 먹은 뒤 산책을 하다 돌아오는 일을 십 년쯤 반복하다 보면 지겨울 만도 한데, 여름이 물러나고 선선한 바람이 불어올 때면 어김없이 강화도가 떠오르게 된 데엔 다른 이유가 있다.

그날도 차를 세우고 바다 옆으로 난 길을 따라 산책을 하고 있었다. 애인에게 모든 게 더할 나위 없이 좋다고 말하려던 순간, 저 멀리 아무도 없는 갯벌 위에 새 한 마리가 빠져 퍼덕거리고 있는 게 아닌가. 새는 발목에 낚싯줄이 걸려 일 미터쯤 날아올랐다가 주저앉기를 반복하고 있었다. 힘이 빠지는지 점점 느려지면서도 날갯짓을 포기하지 않았다. 어떡하면 좋냐고 발을 동동 구르는 나에게 애인이 말했다.

"라이터 있어? 빨리 줘봐. 빨리."

신발과 양말을 길바닥에 훌훌 벗어 던지고 바짓단을 척척 걷더니, 저벅저벅 갯벌로 걸어 들어갔다. 그 모습을 보면서 가슴이 좀 두근거렸던 것 같다. 점점 멀어지는 애인. 갯벌에 애인의 다리가 종아리까지 푹푹 들어가는 게 보였다. 낚싯줄을 잡자, 새는 더욱 격렬하게 버둥거렸다. 새의 발목을 묶고 있던 낚싯줄이 라이터 불에 의해 끊어졌다. 이윽고 풀려난 새가 멀리 날아갈 때까지 우리는 그 모습을 숨죽이고 바라봤다. 나는 그때, 바짓단이 엉망이 된 채 갯벌을 빠져나와 횟집 마당에서 발을 씻는 애인의 등짝에 꼼짝없이 반해버렸다.

시간이 많이 흐른 지금, 물론 이 일화는 나의 머릿속에서 점점 미화됐을 것이다. 그리고 더 극적인 장면으로 각인됐겠지. 애인이 동물을 무척 사랑하고, 위기에 처한 새를 살려준 것도 맞지만, 애인은 원래부터 옷이 더럽혀지거나 몸을 씻지 못할 상황이 와도 크게 신경 쓰지 않는 타입이다. 반면 나는 굉장히 전전긍긍하는 타입이다. 샤워 시설이 있는 캠핑장으로 여행을 가도, 혹시 모를 단수(斷水)의 상황이 올까 봐 전신을 닦고도 남을 만큼의 물티슈를 항상 준비하기 때문이다. 그런데 근처에 수도꼭지가 있는지 없는지도 미리 확인하지 않고 갯벌에 뛰어든다? 그런 일은 나에게 절대 있을 수 없어. 거의 불가능에 가깝지. 그렇다 보니 애인에게는 그리 큰 결심이 아닐 수 있는 행동도, 내 눈에는 영웅처럼 보일 수밖에…….

완벽주의자는 아니지만, 적어도 일이 미완성이 되어서는 안 된다는 염려를 늘 안고 살았다. 시작한 일이 성공하느냐 마느냐가 아니라 무사히 완주하는 것만으로도 항상 걱정과 근심이 많았다. 그놈의 생각이 많은 게 늘 문제였다. 서점에서 '낯선 곳으로 떠나라' '지금 당장 사표를 내라' '전혀 새로운 일에 도전하라'며 선동하는 책들을 보면 순간 두근거리다가도 금세 걱정이 밀려왔다.

아니, 다 좋은데 그다음엔 어쩌려고 그래?
신나는 여행 다음은? 속이 후련한 퇴사 다음은?
순간은 짜릿하겠지만 인생은 장기전인데, 굶어 죽을 순 없잖아?
분명 대책이 있으니 저런 소리도 나올 거야.

그런데 이쯤 살아보니까, 아니, 겨우 이만큼만 살아봐도 아무리 걱정하고 근심하며 인생의 금지 항목을 수시로 체크해 봤자 '생이 예상대로 흘러가지 않는다'는 걸 눈치채게 됐다. 어린 시절까지 거슬러 가지 않아도 돼. 불과 십 년 전의 나도 지금의 이런 모습으로 살고 있을 거라곤 상상하지 못했으니까……. 내 삶도 남들처럼 리허설 없는 라이브 진행이라 아무리 전전긍긍해도 예상치 못한 사건, 사고들이 터졌고, 아무런 대책이 없었으나 딱히 별일이 생기지도 않았다. 지금의 이 좋을 것도 나쁠 것도 없는 평범한 생은 내가 철저히 준비해서 얻은 것이 아니었다. 오히려 망설이고 돌아서느라 해보지 못한 일들만 차곡차곡 쌓이고 있었지.

흙탕물에 첨벙거리며 우산 없이 비를 맞아도

결국 비는 그칠 텐데…….

빨래 걱정에 주저하느라 나는 그동안

얼마나 많은 개구리를 놓쳤던 걸까?

이제부터는 마지막 티셔츠를 잘 지키라고

내면의 경보기가 울려대도,

흙탕물에 기꺼이 몸을 던져 보고 싶다.

때로는 생각을 생략하고 저질러도 좋다는 걸 이제 겨우 알았으니까.

실패의
재발견

나나코 누나가 매일 새벽 '말 엉덩이 공원'에서 조깅을 한다는 사실을
우연히 알게 된 짱구.
알람 시계를 맞춰놓고 새벽에 일어나 조깅할 계획을 세운다.

《크레용 신짱》 27권 12쪽에서

이 이야기에서 가장 좋은 부분은,

정작 나나코 누나는 따뜻한 이불 속에서 꿀잠을 자고 있지만,

짱구는 매일 아침, 누나를 만날 생각으로

희망에 가득 차 있다는 점이다.

세상일은 거의 마음 먹은 대로 되질 않고

개인의 목표도 대부분은 '숲으로 돌아간다'라는 평범한 관점에서

예견된 실패의 반복이 예상을 깨고 뜻하지 않은 성공을 가져오는

이야기들이 나는 참 좋다.

오래전 연락이 끊긴 경이 언니는 내가 아는 한 스트레스를 생산적인 방법으로 푸는 데 일인자였다. 언니는 실연이나 실직을 할 때마다 이런 저런 시험에 응시해 자격증을 하나씩 따곤 했다. 운전면허로 시작해서 컴퓨터 활용능력 1급, 공인중개사 자격증까지 다 외우지도 못할 정도의 많은 자격증이 그렇게 쌓였다.

"일단 뭘 따겠다고 정해. 나에게 필요한가? 이런 본질적 질문은 금지한다. 그리고 문제집을 산 뒤 시험 날짜가 오기까지 미친 듯이 푸는 거야. 독서실에 등록하는 것도 방법이지. 매일 가, 그냥 가. 그러고는 구남친 생각이 날 틈 없이 나를 몰아붙여. 자격증을 따기 위해서라기보다, 그냥 괴로움을 잊기 위해 그 짓을 하다 보면 어느새 자격증이 생기는 거지."

이쯤 되면 언니는 재수 없는 경지를 넘어 경이로운 사람이었다. "그럼 언니가 명문대에 간 건, 고3 때 지독한 쓰레기를 만났기 때문이야?" 나는 순수한 궁금증에 물어봤지만, 언니는 폭소를 터트리며 답하지 않았다. "괜찮아. 나는 언니와 비교할 수 없을 만큼 평범한 사람이기 때문에 답을 들어 봤자 실천할 수 없을 테니까." 곰곰이 생각해 보니 술을 마시거나 우는 일 외에 내가 실연 후 행한 생산적인 일이라고는 귀를 하나씩 뚫는 것밖에 없었다.

 "좋아! 내일도 또 나오자! 나나코 누나를 만나는 그날까지!"

무모한 사랑에 기적이 일어날 리 없지만, 일단은 달리고 본다.
그러다 보면 사랑은 몰라도
달리기 실력과 체력만큼은 잔뜩 쌓이게 되겠지.
마치 실연을 잊기 위해 모은 자격증처럼 말이다.
'저 사람은 저 짓을 왜 할까?'
오늘도 가만히 누워 관찰이나 하느라 생각만 많아지는 나에게서
성큼성큼 멀어지는 사람들을 본다.
상황이 완벽하게 갖춰지지 않았어도
일단 움직이는 사람들.
생각만 하느라 가만히 멈춰 있는 나보다는,
그 사람들의 인생이 더 행복해 보인다.

우리 집에

품위는 무슨

짱구 동생 히메를 임신 중인 짱구 엄마 미사에는 임산부 교본 〈태교 특집〉을 열독 중.
착하고 귀여운 아기를 낳고 싶지만 말썽부리는 아들 짱구와 남편을 상대하느라
마음을 다스리기가 쉽지 않다.

《크레용 신짱》 15권 101쪽에서

전교생에게 붓글씨로 가훈을 써주는 교장 선생님이 스승의 날을 맞아 교육부에서 주는 상을 탔다는 기사를 본 적이 있다. 이 선생님은 학기 초에 학생들에게 가족회의를 열어 가훈을 정하게 한 뒤 제출하라는 숙제를 내줬다고 한다. 그리고 학생들이 가져온 가훈을 직접 써서 학생들의 가정에 전달해왔다고 한다. 기사 속에는 '무한불성(無汗不成, 땀이 없으면 아무것도 이룰 수 없다)'는 글귀가 써진 액자를 들고 있는 교장 선생님과 학생의 사진이 담겨 있었는데, 왠지 나는 저 근사한 액자의 향후 행방을 알 것 같았다. 물론 모든 가정이 그렇다는 건 아니고, 나의 경험이긴 하지만 높은 확률로 저 액자는 거실 벽에 당분간 걸려 있다가 어디론가 사라질 것이다.

어쨌거나 초등학교 때 하는 가훈 제출 숙제의 역사는 전국적인 것이 확실해서, 숙제를 전달받은 우리 집도 매우 분주했다. 내 부모의 부모의 부모까지 타고 올라가도 없던 가훈을 갑자기 가져오라니…… . 지금이야 인터넷 검색창에 '가훈'을 치면 '추천'이 연관검색어로 뜨면서 '좋은 가훈 만들기 100선 추천' 같은 게시물이 수도 없이 나오지만, 인터넷 검색이 없던 시절엔 돈을 받고 가훈을 정해주는 작명소 같은 곳도 있었다. 하지만 가훈은 직접 정해야 의미가 있다는 숙제의 취지에 따라 가족회의가 소집되었다. 매사에 비장하게 장난을 치던 아빠는 '뜨거운 열정, 보이즈 비 앰비셔스' 같은 아무 말을 툭툭 던졌으며, 당시 한창 교회를 다니고 있던 나는 '믿음, 소망, 사랑' 말고는 강렬하게 떠오르는 슬로건이 없어 고민에 빠졌다.

이후 의욕적인 엄마에 의해 우리 집 가훈은 '세상은 밝게 살며, 마음은 넓게 갖고, 희망은 크게 품자'로 결정됐다. 어디에 의뢰한 것인지 모르겠지만 훈민정음체 비슷한 글씨로 적힌 그럴싸한 액자도 뚝딱 만들어왔다. 세상에 있는 좋은 말을 다 갖다 붙이면 결국 아무 말도 아닌 게 되어버리듯, 평소 우리 집안에서 한 번도 나오지 않던 메시지가 갑자기 가훈이 되어 거실 벽에 걸리는 상황이 웃기고도 혼란스러웠다. 이후 액자의 행방은 당연히 기억나지 않는다.

짱구네 집만큼이나 품위와 거리가 멀었던 우리 집에 어울리는 진짜 가훈을 생각해 보면, 아빠에게는 '돈을 빌려주지 말자'일 것이고 엄마에게는 '성질을 조금만 죽이자'일 것이다. 가훈이란 본디 집안 어른이 그 자손에게 주는 가르침을 일컫기 때문에, 우리 집에서 이보다 더 적당한 가르침은 떠오르지 않는다. 그래도 우리 가족은 남들만큼의 우여곡절과 남들만큼의 평범함으로 여태껏 잘 살아왔다. 얼마나 넓은 마음으로 큰 희망을 품고 세상을 밝게 살아왔는지는 자신 없지만, 다들 무사히 건강하게 살고 있으니 그걸로 된 거다.

영화 〈기생충〉을 보니까 거창한 가훈이 없어도 평범하고 무사한 삶을 사는 게 얼마나 다행인 일인지 새삼스럽게 깨닫는다. 낡은 세간살이로 그득 찬 궁색한 공간에 모여 살면서도 비현실적으로 단란하던 기정이네 가족이 우연하고 위험한 제안에 휩쓸려 점점 돌이킬 수 없는 곳으로 떠내려가면서 화목함이 박살 나는 걸 보고 있으면, 기정이네 집

벽에 가훈으로 걸려 있던 액자 속 사자성어가 '안분지족(安分知足)*'이
었다는 아이러니가 얼마나 갑갑한지 모른다. 갑자기 태교하겠다며 부
자연스러운 말투로 우아한 척해봤자 금방 웃음이 터지고 마는 짱구네
가족은 품위와 우아함과는 거리가 멀지만, 평소대로의 솔직하고 유쾌
한 모습일 때 가장 행복하다는 걸 안다. 나는 이쪽 결말이 훨씬 좋다.

• 안분지족: 자기 분수에 만족하여 다른 데 마음을 두지 아니함을 이르는 말.

**Part 2.**

짱구는
못 말려

잡초야,
**앞으로도 쑥쑥 커야 해**

《크레용 신짱》 4권 71쪽에서

많이 좋아했던 노래에 이런 가사가 있다.

나는 보통의 존재, 어디에나 흔하지.
가장 보통의 존재, 별로 쓸모는 없지.

'언니네 이발관' 콘서트에서 이 노래를 처음 들었을 때 누가 내 가슴을 턱 하고 치는 것 같았다. 어디에나 흔하고, 대단한 쓸모가 있지도 않은 보통의 존재가 되려고 태어난 사람은 아무도 없겠지. 그렇긴 해도 내가 결국 잡초였다는 사실을 덤덤하게 받아들이기란 생각보다 쉽지 않다. 어쩌다 태어나긴 했지만, 열심히 자라나고 살아왔는데, 원하는 학교에 들어가고 바라던 직장에 다니는 게 그렇게 큰 꿈일까? 거창하진 않아도 마당 구석의 작은 자리 하나 정도만 주어진다면 충분히 뿌리내리고 살아갈 수 있는데 말이야. 심지어 예쁜 꽃이 그저 그런 꽃보다 더 중요한 존재라는 식의 기준을 만든 건 내가 아닌데……. 숱한 시험과 면접을 거쳐도 주기적으로 테스트를 통과하지 못하면 깨끗하게 자리를 비워줘야 하는 세상의 룰은 좀 가혹한 것 같다.

모두가 주목받는 꽃으로 자랄 수도 없고 세상이 기억할 만한 열매를 맺지도 않는다는 걸 잘 알고 있다. 그거야말로 말이 안 되는 일이니까. 다만 그 당연한 사실을 자연스레 깨닫는 순간이 일생에 반드시 한 번은 오는데, 그 자각의 시간을 어떻게 받아들이는지에 따라 남은 삶의 모습이 정해지는 것 같다.

잡초도 태어났을 땐 자기가 잡초인지도 몰랐을 텐데······.
다른 꽃을 위해 뽑혀 나갈 줄도 모르고 열심히 컸을 텐데······.
잡초가 안됐다.

사회 초년생 시절에는 내가 화단에서 가장 아름다운 꽃이 아니라는 것
쯤은 알고 있었다. 현실감각이라고 해도 좋겠지. 다만 내 자리에서 최
선을 다하면 된다고 믿었다. 세상은 다양한 사람들이 각자 자리에서 힘
을 내야 굴러가는 곳이라 배웠으니까. 그 배움이 틀린 것은 아니었으
나, 열심히 살고 최선을 다하는 것이 꼭 좋은 결과로까지 이어지지는
않는다는 걸 배우는 건 쉽지 않았다. 래퍼를 뽑는 서바이벌 프로그램에
서 "당신은 우리와 함께 갈 수 없습니다"라는 말이 반복적으로 나올 때
는 바로 저게 냉정한 사회의 현실이라며 저 사람은 저게 부족했고 이
사람은 이게 모자랐다고 잘도 분석했지만 말이다. 굳은 표정의 심사위
원들 앞에 홀로 선 사람이 바로 내가 되었을 때는 결과를 깨끗하게 받
아들이기가 너무 힘들었다.

한번은 출근하자마자 사장의 방에 불려가 '미안하지만 퇴사를 해달라'
는 말을 들었다. 그야말로 '당신은 우리와 함께 갈 수 없습니다'가 현실
이 된 것이다. 회사 사정이 어려워졌다는 말에 '그런데 왜 나가야 하는
사람이 나여야만 하냐'고 되묻고 싶었다. 그리고 '사실상 당신이 하는
일의 중요도가 높지 않아 당신의 자리가 필요하지 않게 되었다'는 말에

는 '그럼 그동안 한 야근은 무슨 의미였냐'고 묻고 싶었다. 패자부활전을 노리는 래퍼처럼 사장의 얼굴에 속사포로 퍼붓고 싶었지만, 실제로 내가 뱉은 말은 "네, 알겠습니다"였다. 그나마도 아주 작게 들릴락 말락 한 목소리로……. 지금도 생각이 나는 그날은 너무 추웠고, 나는 퇴근길에 술을 엄청나게 마시고 간신히 집에 돌아와 그대로 쓰러져버렸다. 이것은 내가 화단에서 솎아진 첫 번째 경험이다. 다행히 이후에도 몇 번의 솎아짐이 있었고, 경험이 쌓일수록 술은 점점 필요하지 않게 되었다. 내가 '불행'이 아니라 '다행'이라고 말하는 이유가 여기 있다.

> 화단에서 솎아져도 또 다른 흙이 있다는 걸 알게 된 순간,
> 나는 비로소 어른이 됐다.

TV 프로그램이 끝났다고 해서 거기 나온 출연자들의 삶이 끝난 게 아닌 것처럼 말이다.

 열심히 자랐으니 앞으로도 쑥쑥 커!

그래, 참 열심히 자랐다.
태어났고, 아직 죽지 않았으므로…….
여러 화단을 오가면서 얕은 뿌리를 내리기도 했고,
억지로 뽑히다가 잔뿌리를 다치기도 했다.

66

그래도 다행이다. 주목받는 꽃은 아니더라도
어쨌거나 지금 여기에 뿌리내리고 있으니까……

그래서 짱구의 한마디가 맴도는 그런 날이 있다. 어찌 됐든 열심히 자
랐으니 앞으로도 그저 쑥쑥 크라는 말. 잡초에 물을 뿌려주는 짱구의
위로가 마음을 적신다. 우여곡절을 넘기면서도 일단은 열심히 자랐으
니 우리 앞으로도 쑥쑥 커 보자.

멀어진
**착한 마음들**

마사오는 아이를 좋아하고 아이는 짱구를 좋아한다.
아이의 마음을 거절하는 짱구를 보고 화가 난 마사오는 결투를 신청한다.

《크레용 신짱》 28권 95~96쪽에서

어릴 때는 다 싸우면서 크는 거라는 말이 있지만, 나의 문제는 다 크고 난 뒤에도 계속해서 싸웠다는 거다. 더 자랄 일 없는 어른이 되어서도 싸우고 안 보는 사람이 꾸준히 늘어나는 바람에, 절친인 대학 동기가 미국으로 떠날 땐 눈물을 흘리며 이렇게 말해야 했다.

"네가 떠나면 내가 대학 나온 건 누가 증명해주냐."

다 커서 하는 싸움은 어릴 때 하는 싸움보다 확실히 좋지 않다. 어릴 땐 싸우면서 크기라도 했지만 커서는 싸움을 해도 키가 더 자라지 않는다는 점에서…… 게다가 싸운 뒤에 화해하고 더욱 친해지면서 서로를 이해하는 법을 배우는 어린 시절과 달리 어른들은 쉽사리 화해하지 않는다. 혼자서도 잘 지내는 법을 터득해야 어른이라고는 하지만, 한번 틀어진 관계를 굳이 되돌리려 노력하지 않는 거나 새로운 친구를 사귀는 일에 아예 흥미를 잃게 되는 것도 어른이 되는 과정인지는 잘 모르겠다.

 짱 구 미안, 난 역시 못하겠어! 우린 친구잖아.
마사오 내가 잘못했어. 우리 앞으로도 친구로 있자!

말을 제대로 알아듣지 못하고 엉뚱한 고민에 휩싸여 심각해진 짱구가 웃기면서도, 친구에게 상처(?)를 주지 않으려고 진심으로 말하는 그 마음이 너무 귀엽다. 마사오는 짱구에게 실컷 화를 내놓고 결투 신청 장소에까지 왔지만, 친구라서 싸우지 못하겠다는 말 한마디에 곧바로 마음이 흔들려 울먹이며 사과한다. 아이고, 이 귀여운 녀석들.

영화 〈우리들〉에서 친구와 싸우고 심각해진 소녀에게 유치원에 다니는 남동생이 조언한다. 내가 화가 나서 때렸더니 친구도 때렸고, 그러고 나서 그냥 놀았다고. 어떻게 그럴 수 있냐는 소녀에게 남동생은 도리어 답답하다는 듯 화를 낸다.

> "그럼 언제 놀아? 친구가 때리고, 내가 때리고, 또 때리고…….
> 그럼 언제 놀아? 난 그냥 놀고 싶은데!"

솔직해서 귀여운 꼬마들의 우정을 떠올리며, 어른들의 화해에 대해 생각한다. 어른들은 어린이만큼 솔직한 마음을 내보이는 일은 별로 없는 것 같다. "미안하다" "그래, 나도 미안했다" 고작 이 정도일 뿐, '친구'라는 특별하고 소중한 관계를 확인하면서 우정을 다지는 일은 언제 해봤는지 기억도 잘 나지 않는다.

> 조금만 솔직하고 착하게 굴었다면 이어졌을 수많은 관계…….
> 지금은 끊어진 사람들, 과거가 된 친구들을 생각하며
> 뒤늦은 후회를 해본다.
> 그냥 같이 놀고 싶은 순수한 마음과

못된 말로 상처 준 것이 미안한 마음과
어른이 되는 것과 상관없이 멀어진 착한 마음들이
어디쯤 가고 있는지 뒤돌아본다.

하지만 다들
네가 없으니까 쓸쓸하대

우메 선생님에게는 도쿠로 아저씨와의
행복한 연애를 질투하는 두 언니가 있다.
언니들은 무엇이든 솔직하게 말하는 짱구를 이용하여
둘 사이를 갈라놓고 싶어 한다.
우메 선생님이 퇴원하는 날, 도쿠로 아저씨 앞에서
우메 선생님의 단점이 폭로되길 기대하며 언니들은 짱구를 데리고 병문안을 간다.

《크레용 신짱》 21권 87쪽에서

사람들을 오래 관찰해 온 결과와 나의 경험에 비추어 볼 때, 인간은 자기 나이의 앞자리 수가 바뀔 때마다 심각한 감정의 기복과 혼란을 느낀다. 금융권에서 말하는 '경제 위기 10년 주기설'처럼 '하락-위기-상승'의 사이클이 인간의 삶에도 적용되기 때문인지는 모르겠지만, 이것 말고도 충분한 근거가 또 있다. 유명한 노래 중 제목에 나이가 들어간 곡들을 떠올려 보면 〈스무 살〉, 〈서른 즈음에〉, 〈내 나이 마흔 살에는〉처럼 모두 인생의 십 년 주기를 노래하고 있다는 사실. 그것만 봐도 알 수 있다. 인간은 나이의 앞자리 수가 바뀔 때마다 자기감정에 취해 노래라도 불러보고 싶어진다는 것을. 특히나 스무 살의 기억을 떠올려 보면, 여러분은 어떤 기분이 드는지?

어제까지는 미완이었던 존재가 오늘부터 성인이 되는 그 납득하기 어려운 시절은 주위의 환경까지 모조리 바뀌는 대혼란의 시기이기도 하다. 부모님의 특별한 사정으로 이사를 자주 다닌 경우가 아니라면, 대개는 태어나고 자란 동네에서 12년 동안 학창시절을 보내며 부모나 언니, 오빠들로 이미 연결된 관계 속에서 친구를 하나둘 사귄다. 똑같은 교복을 입은 친구들과 해마다 반만 바뀌면서 졸업할 때쯤엔 거의 다 봤던 사이가 되는 그런 세계의 확장은, 우리 학교의 옆 학교의 옆 학교로 뻗어 나가다가 결국 거주하는 지역구 안에서 끝이 났다.

　　나를 둘러싼 모든 풍경이 일순간에 바뀌었던 첫 경험은

대학교에 가면서였다.

나는 어릴 때부터 나고 자란 동네를 떠나 처음으로 대중교통을 타고 통학을 했고, 대학교엔 나처럼 동네를 떠난 친구들이 전국 각지에서 모였다. 그때까지 나는 강남에서 100평이 넘는 아파트에 산다는 친구, 아버지의 충청도 과수원에서 나는 사과가 청와대로 들어간다는 친구를 드라마에서만 봤던 터라 모든 게 신기했다. 난생처음 듣는 이야기를 쏟아내는 친구들 속에서 한동안은 붕 뜬 기분으로 지냈다. 물론 모두가 진짜 친구가 된 건 아니었지만 말이다.

캠퍼스 생활에 들떠 적극적으로 친구를 사귀던 애들도 학기 초가 지나면 무리가 바뀌어 있었다. 친구를 찾는 과정은 십 대 시절과 크게 다르지 않았지만, 전국구로 확장된 세계에서 모여든 사람들은 서로 다른 점이 너무 많았다. 나와 맞는 사람과 맞지 않는 사람을 구분하는 데에는 좋은 사람과 나쁜 사람을 구분할 때보다 마음속에서 훨씬 더 섬세한 과정이 일어난다는 걸, 아마도 스무 살쯤에 배우게 되는 게 아닐까.

그 애는 대단히 시끄러웠다. 목소리가 한 톤쯤 높았고, 웃을 때 옆 사람의 팔뚝을 '팡팡' 때리며 온몸을 흔들었다. 그 애가 우스꽝스럽게 무언가를 흉내 내는 걸 보다 보면 마치 텔레비전을 보는 것 같은 착각이 들기도 했다. 웃고 떠들고 몸을 흔드는 과정이 쉬지 않고 이어지다 보니, 공공장소에서 모두가 한 번은 그 애를 쳐다봤다. 살아 있는 텔레비전이

종일 옆에 있다는 건, 기가 빨리는 일이었다. 코미디 프로그램을 보는 것처럼 내 마음대로 채널을 돌리거나 꺼버릴 수가 없으니까.

그 애와 멀어진 건 특별한 사건 때문은 아니었다. 우리는 약속에 슬쩍 빠트리는 식으로 그 애를 따돌렸는데, 노골적인 건 아니었지만 그건 어른스러운 왕따가 분명했다. 다들 너무 다른 그 애를 꺼리는 마음에 나 또한 방관하는 것으로 동조했다. 나는 스무 살이라는 어른의 나이답게 굴기 위해 고민하는 척했지만, 결국 그건 친구를 따돌리는 일이었다는 것이 오래도록 죄책감으로 남았다. 활기가 넘치는 그 애가 빠진 자리는 티가 날 수밖에 없었고, 친구들과의 만남에서 웃음이 줄었던 건 확실했으니까.

잘난 척에 화도 잘 내고
미도리 선생님이랑 맨날 싸우고 시끄럽고…….
하지만 다들 없으니까 쓸쓸하다고 그래.

잘난 척을 좀 한다고 나쁜 사람일까? 화를 잘 낸다는 건 정의로운 기질 때문이기도 하지. 미도리 선생님이 가진 면면은 그저 누구나 가진 성격이나 개성에 불과하다. 좀 별난 친구일 뿐이지. 그리고 어떤 사람도, 가진 특징을 솔직하게 나열하다 보면 단점처럼 들리게 돼. 하지만 곁에 없을 때 쓸쓸함을 느끼게 된다면, 그 사람은 좋은 사람이다.

졸업을 하고도 십 년이나 지난 뒤, 오랜만에 친구들과 만난 자리에서 완전히 잊고 지내던 그 애 이름이 나온 적이 있다. 한창 식사를 하던 중에 한 친구가 옷 모양이 이상한지 목이 답답하다고 해서 보니, 스웨터를 거꾸로 입고 있었던 것이다. 그걸 보고 시시콜콜한 것까지 다 기억하는 친구 하나가 깔깔 웃다가 그 애의 이름을 꺼냈다. "너는 아무튼 맨날 그런 식이야. 아직도 옷을 뒤집어 입니? 애 가랑이 찢어진 바지 입고 학교까지 왔던 거 기억하지? 그때 바지 벗어준 애가 그 애였잖아." 맞아. 그랬어. 그 애는 정말로 그때 바지를 벗어줬다. 무슨 신나는 일이라도 생겼다는 듯이 얼굴이 흙빛이 된 친구에게 화장실로 가자고 하더니, 바지를 훌렁 벗어주고는 입고 있던 까만 맨투맨 티셔츠를 벗어 발에 껴입었다. 그리고 다른 친구가 입고 있던 체크무늬 남방을 빌려서 허리에 질끈 매더니, '짜잔' 하고 포즈를 잡았다. 우리는 뒤집어지게 웃었고, 그리고 집까지 어떻게 가느냐고 뜯어말렸지만 그 애는 보란 듯이 손을 흔들며 전철을 탔다. 교문 앞에서 전철역까지 같이 걷는 동안 배가 찢어지게 웃던 기억이 단숨에 떠올랐다.

"걔 진짜 웃기는 애였어."
"맞아."

이제야 미도리 선생님처럼 그 애도 자기의 면면을 알고 있었을 거란 생각이 든다. 짱구처럼 솔직하게 말했더라면, 분명 부끄러워했을 것도 같다.

하지만 짱구가 그랬듯
네가 없으니 금방 심심해지고 자꾸 생각이 나더라고
말할 용기가 있었다면 어땠을까.
상대에 대한 마음을 적당히 감추고 덮으면
알아서 멀어지는 것이 어른의 예의처럼 느껴질 때,
오히려 어린 시절의 솔직하고 착한 마음으로 돌아가 보는 것.
나처럼 친구가 별로 없는 현대인들에게
가장 필요한 태도인지도 모른다.

스무 살에서 성큼 멀어지고 나니, 그때는 미처 생각하지 못했던 것들이 떠오를 때가 있다. 너무 늦지 않았기를. 그리고 그때 그 애한테도 좋은 친구가 있었기를.

"너 너무 시끄럽고 정신없어. 부담스러울 정도로…….
하지만 네가 없으니 금방 심심해지더라."

그렇게 말해주는 솔직하고 착한 마음을 지닌 짱구 같은 친구가 곁에 함께 있기를 바란다.

솔직해지는 연습을
하면 되잖아요

미도리 선생님의 임신이 화제인 유치원.
그리고 애인과 연락이 잘 안 되어 최근 기분이 좋지 않은 우메 선생님.
괜히 미도리 선생님에게 화풀이한다.
'임신 가지고 우쭐하기는!' 결국 다투고 절교를 해버린 선생님들.

《크레용 신짱》 38권 32∼33쪽에서

그날도 자기 전에 습관처럼 옆으로 누워 휴대폰 화면을 엄지손가락으로 슥슥 올리고 있었다. 그러다가 어떤 사람이 소설가로 등단했다는 소식을 보게 된 거다. 그 사람이 누구냐면(아는 사람은 아니지만 모르는 사람도 아닌) 랜선에 존재하는 수많은 사람 중 하나였다.

내 기억 속에서 그 사람은 평범하게 직장을 다니면서 아이를 키우고 있었다. 그가 소설을 쓰고 있다는 사실을 SNS에 밝히지 않았다고 해서 나를 속인 것도 아니고, 밝혔다고 한들 내가 놓치거나 보고도 잊어버렸을 수도 있다. 하지만 이미 내 마음속은 질투로 가득 차 잠이 싹 달아날 정도였다. 그 감정은 순전한 부러움이었다. 그걸 알아차리고 나니 얼굴이 확 달아오르고 심장이 빨리 뛰기 시작했다. 예상치 못한 순간에 나를 온통 장악해버린 그 감정 때문에 몹시 혼란스러웠다. 왜냐하면 나는 단 한 번도 등단을 준비한 적이 없기 때문이다. 그대로 휴대폰 화면을 엎고 몸을 똑바로 돌려 깜깜해진 천장을 바라봤다. 빨리 자야 하는데 어느 틈에 다시 화면을 켜고 그 사람의 SNS를 보며 과거를 추적하기 시작했다.

대체 언제부터 소설을 쓰기 시작한 거지?

완전히 의미 없는 질문이라는 걸 알면서도 과거를 추적하는 일을 선뜻 멈추지 못했다. 정말이지 자괴감이 밀려왔다.

얼마 지나지 않아 다시 신나고 재미있는 SNS 교류 생활로 돌아갔지만, 이때 내 마음속 깊이 박힌 감정은 해결되지 않은 채로 숨어 있다가 불쑥 튀어나오곤 했다. 누군가의 합격 소식, 예상치 못한 결혼 소식, 가 본 적 없는 여행지의 풍경, 난생처음 보는 음식들이 SNS 속 네모반듯한 사진 안에서 근사하게 포즈를 취하고 있을 때마다 하던 대로 가볍게 엄지를 눌러 하트를 보낼 수가 없게 된 거다.

조금 전까지 존재하는지도 몰랐던 것들을 좋아해도 되는 걸까?
내가 원한 적 없는 것들을 누군가가 이뤘다고
갑자기 부러워하는 게 가능한 걸까?
사실은 부럽지도 좋지도 않으면서
SNS 관계상 예의를 표하고 있는 건 아닐까?
그 예의가 나쁜 건 아니지만
정작 솔직한 순간에는 '좋아요' 하지 못하고
그때처럼 질투에 사로잡혀 잠을 설치게 되면 어쩌지?

물음표가 늘어날수록 확신이 왔다. 나는, 아는 사람은 아니지만 모르는 사람도 아닌 사람들의 일상을 너무 과하게 보고 있었다. 느끼지 않아도 될 질투를 경계하는 건 몹시 피곤한 일이었으며, 솔직해진다는 게 이렇게 어려운 일인지 SNS를 하기 전에는 몰랐다. 이 망할 SNS를 끊어버리고 싶어.

우메 선생님  난…… 친구의 행복을 솔직하게 기뻐하지 못하는 옹졸한 나한테 화가 난 거야.

짱     구  그럼 솔직해지는 연습을 하면 되잖아요.

몰라도 괜찮은 소식을 굳이 알고 싶지 않기에 SNS를 끊고 싶은 마음이 여전하지만, 질투가 무조건 나쁜 감정이 아니라는 건 안다. 타인에 대한 관심과 흥미에서 시작된 질투는 존경이나 사랑으로 발전해 나를 더 나은 사람으로 만들어주기도 하니까. 물론 질투가 나쁘게 발현되면 나의 일상을 망치게 되겠지. 하지만 솔직해지는 것으로 우리는 불행을 막을 수 있다.

> 타인의 행복을 부러워하고 진심으로 축하하는 마음은,
> 관계를 풍성하게 만들고 서로를 더 돈독하게 만드니까…….
> 그래서 부러우면 지는 거라는 말은 틀렸다.
> '질투'라는 감정을 유아적인 상태에 머물게 두지 않고,
> 그 마음을 서툴지 않게 표현하는 것으로
> 우리는 솔직함을 가진 성숙한 어른이 된다고 믿는다.

지금도 여전히 누군가의 성취나 소유가 나를 조급하게 만들 때가 있다. 나 빼고 다 부유한 것 같고(아님), 나 빼고 다 행복한 것 같고(아님), 나 빼고 다 고양이가 있는 것 같아서(이건 맞음) 마음이 초조하고 불안하

다 결국 우울함에 잠기곤 한다. 그 사람이 가까운 사람이든 랜선에서만 존재하는 사람이든 관계없이 잠 못 이루던 그날 밤의 복잡한 감정이 문득문득 떠오른다. 그런 마음을 억지로 막을 수야 없겠지만, 이젠 그 때처럼 당황하지 않는다.

왜냐하면 솔직한 마음에는 연습이 필요하다는 걸 이제는 아니까.

오늘도 작은 휴대폰 화면 속 더 작은 정사각형의 사진들을 엄지로 슥 슥 올리면서, 부러워하지 않아도 될 대부분의 소식과 진짜 부러워할 만 한 몇몇 소식을 구분하며 솔직해지는 연습을 한다.

크고 강해지는 것에 대한 **선망**

나로 말할 것 같으면 유치원 때는 초등학교에 다니느냐는 말을 들었을 정도로, 초등학생 때는 중학생으로 오해했을 정도로 체격이 컸다. 서너 살쯤 많은 언니와도 동갑으로 보일 만큼 큰 아이였는데, 폭풍 같던 성장은 금세 꺾여 중학교 때 멈춰버린 키로 지금까지 살고 있다. 어쨌거나 그때는 전교 여자아이 중에 내가 두 번째로 컸다. 또래 남자애들의 키가 내 가슴팍까지밖에 오지 않았을 정도로 컸기 때문에 눈에 잘 띄었다. 공부와 운동도 제법 잘해서 학교 대표로 별별 대회에 다 불려 나가는 요란스러운 유년기를 보냈다. 성격도 아주 활발하고 에너지가 넘쳐서 골목대장 타이틀을 줄곧 놓쳐본 적이 없었다.

고무줄을 끊고 도망가는 애, 여자애들 치마를 들치고 튀는 애, 그런 남자애들을 끝까지 따라가서 정의의 주먹으로 응징하기도 했다. 또 장난이랍시고 여자애들을 때리고 괴롭히던 남자애들 얼굴을 뭉개놓고 코피까지 터트리는 바람에 엄마가 학교에 불려간 적도 있다. '왈가닥'이라는 말로 다 설명할 수 없는 그런 기질이었는데, 앞서 말했듯 중학교에 간 후 키가 더 안 자라고 딱 멈춰버리는 게 아닌가. 아쉬웠다. 그러니 고등학교에 가서는 키가 중간 순위 정도 되었고, 그사이 내 가슴팍까지밖에 오지 않던 남자애들이 올려다봐야 할 정도로 훌쩍 커버렸다.

남자애들의 성장이란 정말 신기해서 금세 크고 튼튼해졌다. 더는 내 주먹에 쫄지 않았다. 운동으로 내가 다 이기던 애들과도 절대 따라잡을 수 없는 신체적 차이가 생겨버렸다. 십 대 때 나의 꿈은 키가 180센티미터까지 크는 것이었다. 농담이 아니었다. 진심으로 나는 너무너무 크고 싶었다. 그래서였을까. 대학생이 된 뒤로는 12센티미터나 되는 하이힐을 열심히 신고 다니기도 했다. 남자아이들을 올려다보는 게 싫었다면 좀 우습게 들릴지도 모르겠다. 어떻게 보면 정말 아무것도 아닌 건데, 크고 강해지고 싶다는 생각을 많이 했다. 내가 크고 강해지면 어떤 외부의 공격에도 불안해하지 않고 평화로운 내면을 가질 수 있을 거라는 생각을 많이 했다. 그런데 남자보다 키가 작은 여자가 되고 나니까, 남자애들이 나한테 '꼬마'라고 부르는 거다. 이상했다. 동갑이거나 고작 몇 살 많은 남자가 귀엽다며 나를 보호해야 할 어린애 취급을 하는 것이다. 물론 그건 호감의 표시였겠지. 문제는 날 모르는 남자들 또한 나를 동등한 사람이 아니라 '꼬마 여자'로 본다는 거였다.

스무 살 이후 성인이 되고 나서 삶의 반경이 넓어지면서 나는 초등학교 때와는 차원이 다른 싸움을 하고 다녔다. 세상 모든 것을 몸으로 부딪쳐서 부서트릴 기세로, 나를 동등한 성인이 아니라 '꼬마 여자'로 보는 이들과 하나하나 싸워 쓰러트릴 기세로, 어린 여자라고 함부로 대하는 사람들을 그냥 지나치지 않았다. 맞서고 시끄럽게 만들었다. 나는 세상의 모든 여자아이가 그러하듯 똑똑하고 말도 잘하고 씩씩한 어린 시절을 보냈으며, 공부든 운동이든 남자들 못지않게 성취한 경험이 있는데, 어른이 되니까 어디서도 통하지 않는다고 생각했다. 여자는 약하다는 편견에 지고 싶지 않아서 더 설치고 떠들었던 것 같다. 신체 조건이 같은 사람은 이 세상에 단 한 명도 없고 신체 조건을 자기 마음대로 바꿀 수 있는 사람도 없다. 그러나 내면은 다르다. 나의 자아는 다르다. 크고 강한 사람이 되면 뿌리 깊은 나무가 바람에 흔들리지 않는 것처럼 외부로부터 나를 보호할 수 있다. 몸과 마음을 크고 튼튼하게 만들자. 세상의 편견과 차별로부터 나를 보호하고 마음의 평화를 지켜내자. 물론 의지대로 다 지키지는 못하고 숱하게 미끄러지고 깨지고 함정에 빠지면서 살고 있지만 말이다. 그래도 늘 이런 마음은 잊지 않으려 한다.

크고 강하고 튼튼해지자.
꼬마 말고 어른이 되자.

그러다 구체적으로 물리적인 힘 자체가 세지고 싶다는 생각을 한 계기가 있었다.

우리 집 개가 어릴 때였다. 나는 차가 없었고 우리 개는 어려서 한창 말썽을 부릴 때였는데, 이 녀석이 쓰레기통을 뒤져 닭 뼈를 집어 먹고 쓰러진 거다. 아파트 16층에서 도보로 15분이 걸리는 동물병원까지 몸무게 32kg에 육박하는 개를 어떻게든 옮겨야 했다. 태워줄 차를 구해볼 겨를도 없이, 큰 개를 안고 놓치고 질질 끌면서, 눈물범벅이 되어 옮겼다. 어떻게 병원까지 옮겼는지 기억도 잘 나지 않는다. 그때 나는 결심했다. 어떻게든 힘을 길러서 32kg을 들고 뛸 수 있는 사람이 되고 싶다고……. 지금 나는 100kg 넘게 땅에서 들어 올릴 수 있고 40kg

넘게 머리 위로 들어 올릴 수 있는 사람이 되었다. 물론 열심히 돈을 벌어서 차도 샀다. 이제 나는 가족이든 친구든 누구라도 아프면, 어디든 차를 몰고 가서 번쩍 들고 병원까지 갈 수 있다고 말할 수 있게 되었다. 나는 여전히 더 세지고 싶지만, 꾸준히 몸을 단련하면서 점점 더 강해지는 느낌을 받는다. 정말 좋다. 안심된다.

미의 기준은 저마다 다른 것이지만, 나는 점점 작고 얇아지는 한국 여자들의 몸(아동복이 들어갈 정도로 더욱더 말라가는 여자들의 몸)에 의아한 마음이 들 때가 있다. 이건 단순히 사이즈에 대한 이야기가 아니다. 그러나 팔굽혀펴기를 1회도 못하는 가녀린 몸, 아동복이 들어갈 만한 작은 몸을 선망하는 여성들에 대해 한 번쯤은 생각해 볼 수 있겠지.

> 내 가족이 쓰러졌을 때 번쩍 들어 올릴 수 있는 튼튼한 팔,
> 책 박스를 들고 계단을 척척 오르내릴 수 있는 강한 다리,
> 나를 위협하는 존재에게 숟가락이라도 날릴 수 있는 순발력,
> 위급 상황에 전력 달리기를 할 수 있는 체력……
> 이런 것에 대한 선망일 순 없을까?

나는 약해서 할 수 없다고 포기하거나 주저하는 일상의 모든 일에 대해 말하고 싶다. 포기하면 편해지는 게 아니라, 자꾸 포기하다 보니 예민해지고 짜증 나는 현실의 문제들 말이다. 이제는 약함으로 예민해지는 것이 아니라, 강함으로 평안해지는 것에 대해 생각해 보자. 후자에

많은 여자가 매력을 느꼈으면 좋겠다. 적어도 일주일에 두 번은 땀이 날 때까지 몸을 움직이고, 몸과 마음이 튼튼해질 수 있는 신체활동을 그게 무엇이든 하나씩 찾기를 진심으로 권하고 싶다.

빈말을 하느라
잘 참았다

혼자 사는 할아버지는 외로움을 달래기 위해 나무를 깎아 인형을 만들었습니다.

그러자 신기하게도 그 인형이 말을 했습니다.

널 '신노키오'라고 부르마.

센스 하곤..., 연예인 이름이면 더 좋은데.

어느 날

신노키오, 나 몰래 간식 먹었지!!

안 먹었어.

넌 거짓말을 하면 코가 늘어나게 돼 있어!

거긴 안 변해!!

그래?

거짓을 말하면 코가 늘어나고 진실을 말하면 코가 줄어들게 된 짱구는
우연히 내일 있을 가수 오디션을 위해 연습 중인 도모코를 만난다.
도모코와 인사를 나누던 중 도지사와 기업가 사이에 뇌물이 오가는 현장을 목격하고,
도지사의 수하들은 사건 은폐를 위해 이 둘을 납치하지만, 우여곡절 끝에 탈출 성공!
짱구의 정직한 코를 이용하여 도지사의 비리를 폭로하면서 정의를 구현한다.
마침내 도모코도 무사히 오디션에 참가할 수 있게 된다.

《크레용 신짱》 17권 38, 43쪽에서

짱구처럼 코가 늘어나는 것도 아닌데 빈말을 잘 못하겠다. 솔직함을 최고의 미덕으로 여겨서라기보다는 행여나 마음에도 없는 소리를 하다가 상대방에게 들키지는 않을까 해서다. 빈말을 잘하는 사람을 만났던 기억을 떠올려 보면 그런 생각이 더 확고해진다. 왠지 신뢰가 가지 않기도 하고, 남의 기분을 살피는 데 급급한 것 같아 좀 별로다. 하지만 빈말을 잘하는 사람들이야말로 분위기를 잘 이끌고 상대에게 긍정적인 기운을 불어넣는 재주가 있다는 것도 안다. 문제는 언제나 정도에 있겠지.

> 빈말이 지나칠 때 상황은 늘 좋지 않게 흘러갔다.
> 꼭 뉴스에 나올 만큼의 거짓으로 사회에 큰 해악을 끼쳐야만
> 나쁜 건 아니니까······.
> 저 사람이 지금 나에게 솔직하지 못하다는 생각,
> 믿었던 상대에게 기만당한 기분은 언제나 피하고 싶은 감정이다.

사람들은 왜 마음에 없는 말을 할까. 인간이 가장 많이 하는 거짓말이 '사랑해'라고 주장하는 학자들도 있다고 하니, 차라리 거짓말보다 진심이 더 나빠 보이기까지 한다. 수만 년 동안 인간의 보고 듣고 말하는 능력 중에 독보적으로 발달한 게 말하는 능력인 것만 봐도 그렇다.

> 인간은 자신의 경험과 생각을 사실 그대로 표현하기보다는,

본능적으로 보태거나 빼고

심지어 그걸 즐기는 건 아닐까 하는 의심을 해본다.


물론 보고 듣는 것은 혼자서도 할 수 있지만, 말하기만큼은 1:다(多)가 성립하는 다분히 사회적인 행위이기 때문에 조금 다르겠지. 하지만 말하기가 듣는 사람에게 유리한 행위가 되려면 최대한 진실만을 이야기해야 할 텐데 인간들은 그렇지가 않다. 상황이나 감정을 부풀려 극적으로 말하거나 잔혹하게 말하고 편파적으로 말하기에 능숙하다. 이런 걸 잘하는 사람들이 이야기꾼이니 달변가니 하는 타이틀을 얻는다. 또 진실 위에 자신의 욕망을 얹어(아마도 각색 능력이겠지?) 바라는 바를 이루거나 사회적 지위를 얻기도 한다. 당장 아무런 사회적 지위도 영향력도 없는 나조차도 사랑을 얻기 위해서 혹은 더욱 근사하게 보이기 위해서, 말을 꾸미기도 하고 상대가 듣고 싶어 하는 말만 골라 말하기도 하니까. 사람의 언어가 이렇듯 나에게 유리하게 편집하는 방식으로 발달한 거라는 생각을 하면 오히려 마음이 편해지곤 한다.


인간은 원래 그렇구나, 가감 없는 진실만을 말하지는 않는구나.


이렇게 생각해 버리면 누구에게든 크게 기대하지도, 실망하지도 않을 수 있으니 말이다. 누군가 내게 빈말을 하더라도 '왜 저렇게 속에도 없는 말을 늘어놓을까?' 하며 비딱하게 보기보다는, '나와의 관계에 마음을 쓰는 사람이구나' 정도로 넘길 수도 있게 되고 말이다. 그런 전제가 있고 난 뒤에, 가늠해 볼 수 있을 것이다. 상대가 자신에게 유리한 빈말을 하는 건지 아니면 나를 위해 그러는 것인지를 말이다. 그렇게 나도 모르는 사이, 진심에 다가가는 걸지도 모른다. 그리고 그때 비로소 물어볼 수 있겠지. 가슴에 손을 얹고, 과연 나는 상대를 위해 빈말을 하는 사람일까, 아니면 나를 위해 거짓말을 하는 사람일까.

빈말에 서툰 나 같은 사람들은 나 자신조차 믿질 못해서 선뜻 '이 모든 게 너를 위한 마음'이라는 말도 잘 못한다. '나는 너를 좋아하고 너는 나를 좋아하고 나도 너를 좋아하고 너도 나를 좋아한다'는 신현희와 김루트의 〈오빠야〉 속 가사처럼 우린 서로 좋아하는데도, 과연 이게 나 아닌 너를 위한 마음인지 의심하고 또 의심한다. 그래서 나의 진심과 상대의 기대가 조금이라도 다를 땐 굳이 아무 말 하지 않는 것이야말로 상대와 나, 우리 모두를 위해 좋은 방법이라고 생각하게 된다. 그러다 보니 어떤 말이든 할 수밖에 없는 상황을 종종 강요(?)받기도 하는데, 그럴 때는 조금 괴롭다.

2년 전, 가진 모든 걸 털어서 해외 취업을 목표로 한국을 떠나는 친구를 보며 온 마음을 다해 응원했었다. 그러나 친구는 곧 정규직 전환에 실패하고 불법체류자가 될 위기에 처했다. 누가 봐도 다시 한국으로 돌아올 수밖에 없는 상황이었다.

친구는 절박했고(그래서 상황을 객관적으로 보지 못하는 것 같았지만) 그래서인지 그 어느 때보다 주위 사람들의 응원을 원했다. 특히나 늘 냉정한 조언을 담당하던 나의 응원이 간절해 보였다. 솔직히 더 이상 상황이 좋아질 게 없어 보였지만 내 진심을 숨기고 친구에게 응원의 메시지를 보냈다. 피노키오가 된 짱구처럼 나는 '그건 절대로 될 리가 없다'는 진심을 꾹 참아야 했다. 친구가 내 응원을 너무나도 원하고, 나는 그 친구가 절대로 그 마음을 꺾지 않을 거라는 걸 알기에 기꺼이 빈말을 해주어야 하는 상황이 온 것이다.

"간절히 바라는 만큼 넌 꼭 이룰 수 있을 거야!"

나는 최선을 다해 내 속마음이 들키지 않도록 감추며 정성스러운 빈말을 해줬다. 나는 너를 응원하고 있고, 너는 결국 해낼 것이며, 그 일은 반드시 잘될 거라고. 결과는 어떻게 됐냐고? 시간이 걸리긴 했지만, 모두의 예상을 깨고 친구는 재취업에 성공해 유럽에 안착했다. 일이 잘 풀린 친구에게도, 친구에게 섭섭한 말을 하지 않게 된 나에게도 다행인 일이었다. 잠깐, 이게 바로 빈말의 효용인가? 그래서 인간은 끊임없이 의심할지언정 결국 '진심을 가득 담은 거짓말'을 멈출 수 없는 건가? 그 대답은 피노키오에 있을지도 모른다.

거짓말은 입으로 하는 건데 왜 피노키오의 코가 길어질까?

나의 의문에 누군가가 이렇게 답했다.

입이 커지는 건 한계가 있지만,

코가 길어지는 건 무한정 아니겠냐고.

인간의 거짓말에는 한계가 없기 때문이라고.

기분
좋아
져도
진짜

액션유치원 수영대회.
올림픽 선수 출신의 개인 코치에게 수영을 배우던 아이는 자세 지적과
혹독한 연습 때문에 수영이 싫어져 참가 당일, 출전을 거부한다.
릴레이 경기 중 실력파이자 긍정맨인 코스케가 있는 장미반이 1등,
짱구가 있는 해바라기반이 2등을 하고 있다.

《크레용 신짱》 45권 83, 84쪽에서

액션유치원은 어른들의 세계에는 결코 있을 수 없는 공간이라는 생각을 종종 한다. 어른이라서 유치원에 다닐 일이 없다는 의미가 아니다. 미움과 갈등이 생기면 사랑과 화해로 금방 극복하고 모두가 사이좋게 지내는 것 자체가 어른들에겐 불가능한 일이 아닌지…….

2018년 러시아 월드컵을 보면서도 느꼈다. 사람들이 치킨과 맥주를 먹을 핑계를 찾기 위해 축구를 보는 게 아닐까 싶다가도, 막상 경기를 시작하면 날뛰기 시작하는 게 참 신기하단 말이지. 열렬한 축구 팬이 아닌 이상에야 평소에는 아무도 손흥민이나 조현우 같은 이름을 대화 주제로 올리지 않잖아? 하지만 월드컵 시즌이 되면 온 동네 치킨 가게에 비상이 걸린다. 텔레비전 앞에 모여 앉아 닭을 뜯으면서 한국 선수의 실축이 한 번 나올 때마다 그 선수의 조상님 사돈의 팔촌까지 죄를 물으려고 한다. 그런 걸 보다 보면, 사람의 마음에 왜 이렇게 미움이 가득한지 근본적으로 묻게 된다. 물론 결과보다 과정이 중요하기에 이겨도 박수받지 못하는 경기가 있고, 져도 박수받는 경기가 있다는 건 알지만 말이다. 그러나 아무리 결과가 기대에 미치지 못했다고 하더라도 먼 길을 날아와 귀국한 선수들이 인천공항 포토라인에 서서 인사를 하던 도중에 달걀을 맞는 장면을 보았을 땐 나도 모르게 인상이 구겨졌다. 아아, 미움으로 가득 찬 인간들이여.

우리 어른들은 가망이 없는 걸까.

저도 진짜 기분이 좋을 수는 없을까.

알아. 한 번 지면 다시 일어나기 어려운 가혹한 세상과 유치원에서 열리는 수영 대회는 엄연히 다르다는 걸. 하지만 스포츠가 곧 자신의 인생인 건 관중이 아니라 선수들인데, 왜 남의 인생에 달걀을 던지는 사람 앞에서 울어야 하는 건 또 선수들이냔 말이지. 그건 아주 잘못된 것이 아닐까? 이기고 싶은 마음이 나보다 간절했을 사람에게 달걀 세례가 아닌 박수 세례를 보냈다면, 저도 진짜 기분이 좋을 수 있었다. 액션 유치원이 불가능한 건 현실적인 한계 때문이 아니라, 어른들의 마음이 너무 후져서라는 생각이 든다.

그만 구시렁거리고

**맥주나 마셔**

너는 재능이 없다는
사부의 말에 카메라맨의 길을
포기한 무사에는 언니 미사에의 집에
얹혀사는 중이다.
매일 빈둥거리며 백수 생활을 이어가다
서점에서 아르바이트를 시작하지만,
또 하루 만에
괴로운 과거가 생각나서 그만둔다.

《크레용 신짱》 44권 22쪽에서

일본의 온천마을 쿠로가와에서는 오래전부터 '미인은 온천 후에 맥주를 마신다'는 말이 전해져 내려온다. 남의 나라 조상이긴 하지만 과연 선조들의 혜안은 정확하지. 뜨거운 물에 몸을 한참 담그고 있다가 숨이 조금 차오를 때쯤 밖으로 나와 온몸에 오른 열감을 식히기 위해서는 머리끝까지 찡하게 울리는 차가운 맥주만 한 것이 없다. 그걸 마시는 것은 천하제일 미인의 기분과 다르지 않을 것이다. 애주가 입장에서 술은 다 같은 술이 아니다. 맥주, 소주, 위스키 등 많은 술이 저마다 존재 이유가 뚜렷한데 그 중 맥주의 정체성을 가장 잘 드러내는 명언은 바로 이것이라 할 수 있다.

> 무엇이 먹고 싶은지 모를 땐, 일단 캔맥주를 하나 따서 마셔봐라.

이만큼 맥주의 정체성을 정확하게 설명하는 문장이 또 있을까. 없던 입맛을 되찾아주고, 지친 마음을 위로해 주고, 결국 다시 힘을 내서 살게 하는 힘이 바로 맥주에 있다. 목구멍을 타고 내려가는 탄산의 자극, 막혀 있던 속을 후련하게 뚫어주는 청량감!

> 회사에서 일에 치이고 버스에서 사람에 치이다 집에 돌아왔을 때,
> 바닥에 아무렇게나 가방을 던지고 브라 끈부터 푼 뒤
> 냉장고 문을 연다.
> 그리고 그 자리에 서서 벌컥벌컥 마시는 캔맥주의 맛!

그 맛을 아는 사람이야말로 어른이라고 할 수 있지.

그래서 나는 안다. 짱구가 건넨 캔맥주를 마시는 무사에의 마음을…….
바쁘게 살든 지루하게 살든 누구나 '문득' 현자 타임이란 것이 찾아올
때가 있다.

과연 지금 이 삶이 나의 본편일까?
나는 하고 싶은 일을 하며 살고 있는가.
혹시 결국 내가 할 일은 따로 있고, 지금은 임시로 사는 건 아닐까.
그렇다면 임시의 끝은 언제일까.

당장 답을 구할 수 없는 걸 알면서도 멈출 수 없는 질문들이 쏟아질 때
가 있다. 나도 내 삶에 대해 구시렁거릴 시간이 필요하니까. 바로 그럴
땐 맥주밖에 없어. 방법이 없어. 그러니 그만 구시렁거리고 맥주나 마
시는 게 답이지.

Part 3.

# 일개미는
# 오늘도 열심히 일을 하네

기른다는 것

나를 낳아

어디서 본 글인데 엄마는 아이를 낳을 때 엄마인 자신도 함께 낳아 기른다고 한다. 처음부터 저절로 엄마일 수는 없기 때문에, 아이를 키우며 엄마인 자신도 키워야 해서 너무나 힘든 것이라고 한다. 내 주위엔 아이와 함께 엄마인 자신도 키우느라 애를 쓰는 엄마들이 있다. 그들이 실수하고 성취하고 자책하고 감탄하며 아이를 키우면서 엄마인 자신도 키우는 과정은 보는 이로 하여금 묘한 감동을 준다. 실수투성이인 미사에가 말썽꾸러기 아이 둘을 기르면서, 서툴긴 해도 씩씩하게 살림과 육아를 해나가는 것을 볼 때처럼 말이다.

안타깝게도 현실에서는 아이 키우기에 몰두하느라 자신은 키우지 못해 생이 불행해지는 엄마들이 존재한다. 그렇게 누군가를 키운다는 것은 지극히 어려운 일이라 생각한다. 엄마로부터 "나도 엄마가 처음이라 서툴렀다"라는 진심의 사과를 듣고 난 후, 어린 시절부터 이어진 갈등이 풀리기 시작했다는 친구의 이야기를 듣고 나는 그 말을 더 믿게 되었다.

그러고 보면 사람은 누구나
자기 자신을 낳아 기르며 살아가는 것 아닐까.

학교에 가면 학생인 나를 낳아 길러야 하고,
평사원이었다가 대리로 승진하면
대리인 나를 새로 낳아 길러야 한다.

모두 공평하게 이번 생은 처음이기 때문에,

인생의 전환을 맞이할 때마다

남자도 여자도 똑같이 새로운 자신을 낳아 기르며 살아간다.

남편이 되면 남편인 나를 낳아 길러야 하듯이,

노인이 되면 노인인 나를 낳아 길러야 한다.

이는 생이 끝날 때까지 결코 멈출 수 없는 일이다.


물론 엄마나 아빠처럼 자식과 자신을 동시에 길러야 하는 건 아니지만,
우리는 끊임없이 낯선 나를 낳아 길러야 한다.

　내게 주어진 생을 돌보는 것은 태어난 자의 숙명이고 생의 순리
라 생각한다. 그리고 누구에게 보여주기 위해서가 아니라, 계속해서 나
를 낳아 기르는 이 지난한 과정이 곧 삶이 아닐까 생각한다.

네가 없어도 회사는 잘 굴러가,

**걱정마**

《크레용 신짱》 16권 34쪽에서

대외적으론 프리랜서의 삶을 산다고 할 수 있지만, 누군가가 자세히 들여다보면 "밥은 먹고 사니?"라고 물어올 수도 있을 정도로 근근이 살아가는 형편이다. 그러다 보니 최근 오 년간 나의 실체는 백수에 가깝다. 나의 경우 '등록금-전세 자금-자동차 대금'으로 이어지는 대출금이 무서워서 십 년 넘게 쉬지 않고 직장인으로 살아온 시절을 되짚어보면, '주인 의식'이라는 걸 되게 강요받았던 것 같다.

주인 의식 뭘까. 사전을 뒤져보면 니체의 철학이 등장하는 거창한 해제가 나오지만, 보통 조직에서 강조하는 주인 의식이란 건 '시키는 일만 하는 수동적인 자세를 버리고 적극적으로 할 일을 찾아서 한다'라거나, '회사의 주인은 바로 나라는 생각으로 애정을 가지고 의무를 다한다'라는 뜻으로 쓰인다. 한창 의욕이 솟구칠 신입 사원들이 이런 교육(?)을 받다 보면 정말로 내가 이 조직에서 엄청 중요한 사람인 것만 같고, 이 일은 내가 아니면 안 될 것 같고, 하루하루 최선을 다하는 과정에서 자아실현은 물론 회사의 미래까지 밝히는 인재가 바로 나 아닐까 하는 비장함도 생긴다. 남몰래 〈미생〉의 '장그래'적 감성에 취하게 되는 것이다. 따지고 보면 고단하고 무료하고 별 재미없는 직장 생활을 버티게 하는, 그 성취감이라는 게 생기는 것도 사실이지. '어차피 아홉 시부터 여섯 시까지 앉아 있어야 하는데 마지못해 시간 때울래?' 아니면 '열심히 해서 보람 느낄래?' 한다면 나는 당연히 후자를 택할 것이다. 더구나 나처럼 어린 시절에 개근상이나 모범상에 집착했던 사람은 이러한 선동(?)에 더더욱 쉽게 감화된다. 그래서 개미처럼 일했다. 비록 일개 미지만 마음만은 이 개미굴의 주인인 여왕개미처럼! 나는 제법 행복한 일개미였지. 적당한 스트레스는 건강에도 좋다며, 회사 생활을 열심히 또 즐겁게 해내려는 노력은 사람들과의 관계도 좋게 해주었고 승진이나 이직을 해야 할 시점에 유리하게 작용하기도 했다.

그래서 성공한 커리어 우먼이 되었냐 하면, 그건 아니고……. 현실을 깨닫는 데엔 그리 긴 시간이 필요하지 않았다. 내가 다니던 회사는 작은 규모는 아니었지만, 내가 속한 팀은 작았다. 우리 팀은 온라인 콘텐츠를 기획하고 서비스를 운영하는 일을 했는데, 팀장님 한 명과 신입사원 한 명 사이에서 나는 제일 많은 실무를 해야 했다. 사이트를 개편할 때마다 밤을 새우느라 집에 못 간 적도 많았지만, 무사히 끝내고 나면 뿌듯하기도 했으니까…….

가장 기억에 남으면서도 중요하게 여겼던 일은 회원들을 대상으로 연말마다 열었던 행사였다. 공연장을 대관하고 유명인들도 불러서 보도자료도 잔뜩 내는 등 심혈을 기울였다. 예산이 많이 든 만큼 홍보 마케팅에 총력을 기울여야 해서 일 년을 마무리하는 의미 이상으로 중요한 일이었다. 나는 여러 달 전부터 준비해야 하는 그 일이 힘들면서도 좋았다. 총괄을 맡은 팀장님 밑에서 일이 차질 없이 진행되도록 하나에서부터 열까지, 아니 백까지 모두 주관하면서 묘한 희열을 느꼈기 때문이다. 일 년에 한 번 있는 행사 때문에 직원을 더 뽑는 회사는 없었으므로 나는 그걸 혼자 해냈다. 이미 몇 차례나 해냈기 때문에 나를 대체할 사람은 없을 것 같기도 했다. 월급은 1인분이면서 3인분의 일을 시키는 건 명백히 불합리했지만, 그때는 그걸 감당하는 게 내 능력인 줄 알았다. 회사는 불합리함을 티 내지 않으려고 열정적으로 과로하고 있는 내게 많은 칭찬을 해주었다. 정말 내가 없으면 이 회사는 안 되겠다는 생각이 진지하게 들 정도로…….

그러다 난데없이 교통사고가 났다. 행사가 코앞인데 병원에 드러눕고 말았다. 눈앞이 캄캄했다. 이 일을 어찌한단 말인가. 거의 울면서 팀장님께 전화했다. "행사를 어쩌면 좋습니까, 팀장님. 면목 없습니다." 나는 유신의 공주처럼 내 안위보다 일 걱정이 앞섰다. "걱정하지 마, 최 대리. 몸이 우선이지. 회사는 문제없으니까 푹 쉬고 낫는 것만 생각해." 감사한 말씀인데 이상하게 마음이 불안했다.

정말 괜찮은 거야? 나 없어도 돌아가는 거야?

당연한 일이었지만 행사는 아무 문제 없이 끝났다. 우리 팀 사정을 듣고 본사 홍보팀에서 베테랑 직원을 보내주었고 행사는 아무 차질 없이 진행되었다고 했다. '어째서 작은 차질도 없었던 걸까. 아주 작은 차질 정도는 있어도 괜찮았을 텐데…….' 나는 행사 당일의 많은 것들이 궁금했지만 다들 정신없을 모습이 그려져 연락 한 통 못하고 병실에 누워 전전긍긍했다.

땅 한 뙈기 없으면서 김포평야 앞에 서서
일 년 농사를 걱정하는 꼴이었다.
"그 걱정을 왜 당신이 해?"
귓가에 땅 주인의 말이 들리는 듯했다.

세상에 회사는 많고 그 회사에 들어가 작은 책상 하나를 차지하기 위
해 대기하는 사람은 그것보다 훨씬 더 많다. 그리고 나는 그냥 회사의
부속품 중 하나라는 사실을 깨닫는 순간, 도리어 진정한 평화를 느꼈
다. 그 순간을 직장 생활의 매너리즘이나 극복해야 할 슬럼프로 여길
수도 있었겠지만, 난 안 그랬다. 오히려 안심했지. 열정의 일개미들은
일찌감치 나가떨어지고, 적당히 완급 조절하며 일하는 베짱이 같은 사
람들이야말로 조직 생활을 잘 버틴다는 사실이 얼마나 다행인가. 내가
갑자기 사라져도 나를 대체할 사람은 얼마든지 있고, 이 회사의 주인은
내가 아니므로 책임질 게 별로 없으며, 받는 만큼만 해내면 그럭저럭
무사하니, 이 얼마나 다행인가?

 회사 동료들 너 같은 놈 없어도 회사는 잘 굴러가, 걱정 마!
그래요. 전혀 영향이 없다고요!

짱구가 태어나기 일주일 전, 예정일보다 일찍 진통이 시작된 엄마 미
사에의 연락을 받은 아빠 히로시는 의연한 척 애쓰지만, 대책 없이 허

둔댄다. 그런 그에게 당신은 별로 중요한 사람이 아니니 걱정하지 말고 병원에 가보라는 동료들의 따뜻한(?) 배려만큼 안심을 주는 건 없지. 물론 나의 대체 가능한 존재감을 확인하는 일은 조금 뼈아프긴 하지만, 잠깐 아프고 나면 오래 안심할 수 있다.

내가 없어도
이 회사는, 이 세상은, 이 우주는
아주 잘 굴러갈 뿐만 아니라 전혀 영향이 없다는 사실에!

좋아,
회의 끝!

《크레용 신짱》 23권 16쪽에서

야근이 잦은 직장에 다녀본 적이 있다. 그것도 여러 곳이었다. 회사 일에도 비수기와 성수기가 있으니 바쁜 시기에 초과근무를 하는 것에는 큰 불만이 없었다. 하지만 업무 시간에 수시로 발생하는 회의 때문에 정작 실무를 처리할 시간이 나지 않아 야근하는 것만큼은 정말 짜증 나는 일이었다. 회의는 업무의 효율성을 높이기 위해 하는 건데 회의를 자주 했기에 업무에 아무 도움이 되지 않았다. 그래서 너무 많은 회의를 줄이기 위한 대책 회의까지 했으니 말 다 했지.

회의가 싫은 이유는 결국 '시간이 아까워서'로 귀결된다. 아까운 이유 또한 다양하고 모두 합당하여 밤새도록 말할 수 있지만 딱 세 가지만 꼽아 볼까?

첫째, 열심히 회의해서 결정해봤자 상사의 말 한마디면 손바닥 뒤집듯 바뀌어 버린다. "어머, 팀장님. 지난번 회의 때 이렇게 하기로 한 거 아니었어요?" "아, 그거…… 사장님이 저렇게 하래. 그래서 말인데, 기획안 좀 새로 써줘. 미안해. 어쩔 수 없는 거 알지?" 물론입니다. 직장인이라면 당연히 알죠. 이런 대화가 전혀 낯설지 않다는 사실을!

둘째, 의사결정권자가 만담가인 경우 삼십 분이면 끝날 회의가 두 시간으로 늘어난다. 나는 초등학교 시절부터 운동장에서 몸이 꼬일 때까지 들어야 했던 교장 선생님의 훈화 말씀으로 단련된 비운의 세대이긴 하지만 말이다. "끝으로~"만 여덟 번쯤 반복하는 상사의 중언부언을 듣고 있으면, '저 인간 때문에 또 야근이구나' 하는 절망감에 회의 내용은 전혀 귀에 들어오지 않고, 업무 노트에는 회사 건물이 큰 화염에 휩싸이는 낙서만 가득하다.

셋째, 결론이 없다. 생각보다 많은 회의가 준비 없이 이루어지기 때문에 확실한 결과를 도출 못하고 끝나버린다. 두 시간 내내 수다를 떨다가 자세한 건 만나서 이야기하자며 전화를 끊는 상황처럼 말이다. 심지어 회의에 참석한 인원의 세 명 중 한 명은 이 회의에 내가 왜 참석했는지조차 모른다는 통계가 있다. 회의에 대한 준비가 없으니 일단 다 참석시키고 보자는 분위기인 것이다. 권한이나 대책을 가진 사람은 없고, 불필요한 참석자들만 멍하니 앉아 있는 회의실에서, 멍하니 앉아 있는 사람을 맡고 있다 보면 펜을 던지고 벌떡 일어나 이렇게 외치고 싶어진다.

"여러분! 우리가 낭비하며 보내는 이 시간이
어제 죽은 이가 그렇게 바라던 내일이었답니다!"

즉각 행동 개시! 먼저 작전 회의부터 해야지!
주스와 과자가 필요하겠군.
냠냠 후우~ 좋아, 회의 끝!

그런 의미에서 짱구는 정말 천재 아닐까? 회의가 본격적인 일에 앞서 브레인스토밍을 하기 위한 수단이라면, 맛있는 간식으로 당을 충분히 끌어올려 두뇌가 획획 돌아가게 만드는 편이 훨씬 낫잖아. 또 어떻게 결론이 뒤집힐지 모르는 불안함도, 지루한 일방통행식 소통도, 뾰족한 수가 없는 도돌이표 같은 답답함도 모두 없다. 이건 한가하게 모여서 노닥거리는 간식 타임과는 달라. 업무의 효율을 높이기 위한 가장 효율적인 회의 방식이야!

놀랍게도 짱구식 회의법으로 성공한 실제 기업의 사례가 있다. 미국 휴렛팩커드사에서 내부 커뮤니케이션 제도로 도입한 커피 브레이크 (Coffee-Break) 방식이 바로 그것이다. 사무 관련 집기가 아무것도 없는 공간에 모여 커피와 도넛을 먹고 가벼운 이야기를 나누다 헤어지는 시간을 가졌더니, 불필요한 회의도 대폭 줄고 휴렛팩커드사의 대표작인 잉크젯 프린터의 개발 아이디어도 나왔다고 한다.

내가 지나온 회사들이여, 보고 있나요?
많이 늦었지만, 지금이라도 짱구식 회의법 도입이
절실한 시점입니다.

양쪽 맛을 모두 즐기는 아빠

낫토에 뭔가를 더해서 새 맛을 추구함으로서 낫토의 잠재능력을 이끌어내는 게 뭐가 나빠!!

낫토에 날달걀을 넣는 것은 브루스 윌리스와 아놀드 슈왈츠네거가 한 영화에 나오는 것 만큼이나 느끼하다구!!

그래, 그래!!

그래, 그래!!

아침부터 시끄럽게… 무슨 일이야?

히로시 씨! 히로시 씨 아버님은 정말 훌륭한 분이세요!!

아니, 뭐 그렇게 까진…

아닙니다, 훌륭하세요!! 낫토에 날달걀을 넣다니 인간이 됐다구요!!

바보 아냐 …?!

오늘 아침은 낫토야? 그럼 나도 오랜만에 날달걀을 넣어 볼까?

엉?! 오랜만 …?

보통은 낫토에 파만 넣고 피곤해서 기운을 차리고 싶을 땐 달걀을 넣어 먹어.

구분해서 쓰는구나!!

그래!! 구분해서 쓰면 되는구나! 그러면 양쪽 맛을 모두 즐길 수 있는데!!

내가 오늘 아들에게 한 수 배웠구나…

아빠는 스케일이 큰 것 같아!!

다시 봤어요, 히로시 씨!

왜 너희들 까지 여기서 먹나?!

어이구 머리야…

《크레용 신짱》 23권 113쪽에서

128

'직업은 영혼을 담을 만큼 큰 그릇이 못 된다'라는 말을 처음 들었을 때의 기분을 어떻게 설명할 수 있을까. 완전히 동의하면서도, 맞장구치며 끝낼 수 없는 그 복잡한 기분을……. 내가 생계를 위해 하는 일들은 특별하지도 고귀하지도 않으며, 굳이 따지자면 대체로 사소하고 때때로 치사함을 견뎌야 하는 일들이다. 그렇지만 누구나 할 수 있는 일, 별거 아닌 일을 한다고 해서 그 고단함마저 사소한 것은 아니었어. 일에 치여 자아가 쪼그라들 때마다 이까짓 일로 상처받진 말자 다짐하면서도, 작은 그릇 안에 영혼을 욱여넣고 하루하루를 견뎌야 하는 것은 엄연한 현실이었다. 좁은 그릇을 멋지게 탈출해서 내 영혼을 놓아준 뒤 굶어 죽을 순 없잖아?

'생계를 위한 노동의 고단함은 피할 수 없으니, 일에 영혼을 잠식당하지 말자' '직업의 귀천과 관계없이 순수하게 일을 하는 행위가 갖는 숭고함이나 가치를 찾아 의미를 부여하자' 이것도 억지 주장은 아니다. 다만 생의 진실은, 삶이라는 게 보람과 가치만으로 채워지는 게 아니라는 데 있다. 아주 중요한 것이 빠져 있어.

사는 건 재미가 있어야 해.
우리는 기계가 아니므로 내 심장이 두근거린다는 걸
잊지 않게 해주는 삶의 재미 말이야.

직장인이었을 땐 아침부터 밤까지 책상 앞을 벗어날 시간이 없었다. 영혼의 갑갑함을 달래기 위한 유일한 탈출구가 바로 온라인 쇼핑몰 장바구니에 무료 배송 조건이 훌쩍 넘을 때까지 물건 담기 혹은 일본행 저가 항공 티켓 사기였다. 쇼핑이 주는 순수한 기쁨보다는 현실 도피적 보상심리에 가까운 행위였지. 책상 앞이 지겨워 지른 것들의 카드 값을 감당하기 위해서는 책상 앞을 영원히 벗어날 수 없다는 딜레마. 그걸 눈치챈 순간, 나는 모든 걸 버리고 황급히 도망쳤다. 어떻게든 되겠지. 해본 것은 괴롭고, 안 해본 것은 두렵다면 이쯤에서 안 해본 것을 해보자.

 짱구 아빠 **보통은 낫토에 파만 넣고,**

**피곤해서 기운을 차리고 싶을 땐 달걀을 넣어 먹어.**

이제 와 돌이켜 보면, 나는 왜 도망쳤을까? 그런 식이 아니었을 수도 있었어. 인생에서의 선택이란 하는 것은 물론 안 하는 것까지 모두 포함한다는 관점에서 후회의 연속이다. 그렇지만 지쳐 나가떨어지기 전에 삶의 균형을 잡을 줄 알았더라면 후회를 더 줄일 수 있지 않았을까. 마치 낫토를 먹는 것처럼 말이다. 낫토에 파만 넣는 것은 기본에 충실한 자세지. 삶은 이벤트도 축제도 아니라서 연속성을 가진다고 볼 때, 무엇보다 중요한 건 기본에 충실한 자세이다.

그렇게 낫토에 파만 넣듯 기본에 충실한 자세를 견지하다가

의욕이 떨어지고 영혼이 고꾸라지려 할 땐,

기운을 차리기 위해 일상 위에 달걀 같은 재미를 넣어보았다면…….

중요한 건 물적인 행위나 보상심리가 아니라,

생을 대하는 태도의 문제라는 걸 조금 더 일찍 알아차렸다면…….

삶이 가진 단면을 오가며 불행과 불안만 가늠하지 않고, 양쪽 맛을 모두 즐기는 짱구 아빠처럼 인생의 재미와 의미를 둘 다 놓치지 않을 수 있지 않았을까.

덕업일치를

**믿습니까?**

어떤 이들은 '좋아하는 일로 직업을 삼아서는 안 된다'고 말한다. 노동이란 기본적으로 싫은 것이기 때문에 생계를 위해 좋아하는 일을 하다 보면 그것마저도 싫어져서 너무 힘들어진다는 것이다. 돈을 벌기 위해 일을 한다는 것은 많은 것을 의미한다. 일상성을 유지하려면 몸이 아파도 해야 하고 내게 돈 줄 사람이 마음에 들지 않아도 해야 한다. 이번 달에는 일할 기분이 좀 아니니까 도시가스비를 내지 않겠다는 민원은 절대로 관공서에 접수되지 않는다. 또 가끔은 간과 쓸개를 냉장고에 넣어 두고 집을 나서야 하는 순간도 있다.

> 누군가는 좋아하는 일로 직업 삼는 것이
> 세상에서 가장 좋아하는 노래로
> 모닝콜 알람을 맞추는 일과 같다고 했다.

내가 사랑하던 노래가 결국 끔찍해지는 비극이 된다고, 좋아하는 일로 직업을 삼는 건 그렇게나 괴로운 것이라고……. 그렇게 진심을 꺼낸 이들은 신기하게도 대부분 글을 쓰거나 음악을 만드는 등 어릴 때부터 좋아하는 일을 업으로 삼고 있어서 진정성이 느껴졌다. 내가 직업을 갖기 전까지는 말이다.

그러다 우연한 계기로 이십 대 중반에 엔터테인먼트 업계에서 작가로 일을 하게 됐다. 메이킹 PD님과 내가 영화나 드라마 촬영장으로 출장을 갈 일도, 유명한 배우들을 만나서 인터뷰해야 할 일도 많았다. 그때 경력 2년 차였던 PD님은 내게 이런 조언과 당부를 자주 해주었다. "일은 일이야. 절대로 유명한 배우들을 만난다고 기대하거나 실망하지 말아요. 아주 힘들어지니까. 애초에 환상은 갖지 말고 그냥 쟤들도 똑같은 사람이다, 직업인이다, 그렇게 마음을 먹어야 해. 그래야 편해." 안 그래도 엔터 업계에서 일하게 되었다고 하니 나보다 더 들떠서 부러워하는 친구들이 있었다. 하지만 어릴 때부터 가수나 배우를 좋아한 적은 있어도 열성 팬이었던 적은 없었기 때문에, 내가 가진 호기심은 일에 방해가 될 정도는 아니었다. 그리고 PD님의 얘기대로 그들은 실제로 만났을 때 대체로 실망스러웠다. 그렇게 일은 일일 뿐이라는 생각으로 하루하루를 버틸 동안 내게 그 말을 해준 PD님은 환멸을 느끼고 엔터 업계를 떠났다. 그토록 사랑했던 영화와 드라마를 이제는 즐겁게 볼 수 없게 되었다며 얼마나 힘들어하던지 아예 외국으로 떠나버렸다. 나는 더는 월급이 나오지 않을 때까지 그 회사에 성실하게 다녔는데, 이제 와 생각해 보면 PD님의 당부는 자기 자신에게 하는 말이었던 것 같다.

좋아하는 일을 직업으로 삼지 말라는 말과 덕업일치, 즉 좋아하는 일을 직업으로 삼아야 행복하다는 말은 수학 문제처럼 답이 정해진 게 아니어서 직장 생활 속 쿨타임이 찰 때마다 누구나 한 번쯤은 떠올려 봤을 것이다. 불행하게도 나는 각박한 현실 속 사회생활에 찌들어가는 동안 '너도 틀리고 너도 틀리다, 입금이면 다 된다'는 어둠의 황희정승 같은 입장을 견지하면서 어떤 쪽도 다 괴로울 뿐이니 생각을 말자며 인생을 비관했다. 그런데 최근 몇 년간 일하고 싶어도 일이 없는 반백수의 생활을 하다 보니 문득 깨달음이 왔다. 덕질을 취미의 영역으로 남겨두는 것도, 일로 삼아 본업으로 삼는 것도 저마다의 기질에 따른 선택의 문제일 뿐, 그래서 어느 쪽을 선택하더라도 행복할 수 있다는 생각이 든 것이다. 반대로 어느 쪽을 선택하더라도 불행해질 수 있겠지. 중요한 건 이거다. 일이라는 건 혼자서 해낼 수 있는 것은 아무것도 없어서 시기나 운이 잘 맞아야 한다는 것이다. 따라서 좋아하는 일이 잘 안 풀린다고 해서 내 선택을 후회하고 자책하며 괴로워하지 말자. 이렇게 생각해 보자.

> 좋아하는 걸 해도 이렇게 힘든데,
> 안 좋아하는 걸 했으면 어떻게 버텼을까? 생각만 해도 끔찍해.
> 좋아하는 일로 직업을 삼았는데 일이 잘 안 되면 힘들고 슬프지만,
> 싫어하는 일로 직업을 삼으면 살기가 싫어진다.

이거 하나만큼은 자신 있게 말할 수 있는데, 정말이지 일은 늘 괴롭다. 노동이란 원래 하기가 싫은 것이다. 그러니 좋아하는 취미가 있다면 삶의 은신처가 있어 다행인 것이고, 좋아하는 일을 직업으로 삼고 있다면 어려움을 '덕업일치'를 위한 시련이라 여기고 버틸 수 있으니 다행인 것이다.

그냥 재미있어서
하는 건데

언제나 영업 성적 최하위인 아저씨는
회사 골프 회동에서도 마찬가지 실력이라 사내의 웃음거리다.
올해는 반드시 꼴찌를 탈출하겠다며 비장한 각오로 연습에 임하지만,
골프 이론을 아무리 떠올려도 몸은 마음대로 움직여주질 않는다.
옆에서 장난이나 치며 멋대로 스윙을 날리는 짱구 때문에 연습은 점점 꼬여가지만,
자신과 달리 골프를 즐기고 있는 모습에 자꾸만 신경이 쓰인다.

《크레용 신짱》 27권 96쪽에서

본격적으로 글을 쓰기 시작한 것은 회사에 다니면서 퇴근 후 시간을 활용해 이곳저곳에 칼럼을 기고하면서부터다. 소소하지만 고료를 받아 공과금과 통신 요금 정도는 해결할 수 있게 되었을 땐 무척 설레고 고무된 기분이었다. 재밌어서 하던 글쓰기가 취미의 영역을 벗어나 적게나마 돈을 벌 수 있을 정도가 되었다는 뿌듯함과 성취감이 있었다. 그러면서 힘들고 지겨운 직장 생활을 그만두고 이 행복한 글쓰기만으로도 먹고 살 수 있을까 하는 그런 깜찍한 망상을 했던 시절이 있었다. 글밥으로 먹고 사는 게 얼마나 힘든 일인지 아무것도 모르던…….

책이 좋아서 책 만드는 일을 하던 친구는 나의 망상을 깨고 현실을 깨우쳐주기 위해 이런 말을 했다. "선배들이 그러는데 정말 좋아하는 일은 직업으로 삼지 말래. 난 그게 무슨 말인지 이미 알 것 같아."

친구의 말에 반기를 들기 위해서도 아니고 좋아하는 글쓰기를 본업으로 삼겠다는 의지도 없었지만, 나는 결국 회사를 그만뒀다. 복잡한 현실의 문제가 매듭처럼 고약하게 엉켜버려서 가위로 삭둑 잘라버렸다. 그리고는 마침내 글을 써서 먹고사는 사람이 되었다(글을 팔아서 얼마나 벌 수 있는지는 묻지 않기로 하자). 한동안 매듭을 잘라낸 홀가분함이 없진 않았지만, 수년이 지난 지금 다시 생각해 보면, 그때 회사를 계속 다녔어도 딱히 지금보다 불행하지도 행복하지도 않았을 거란 생각이 든다. 어떤 선택을 했어도 인생 거기서 거기란 말이다. 왜? 내가 돈을 잘 버는 작가가 되었다면 애초에 이런 생각을 할 이유가 없기 때문이지.

갑자기 떠오르는 아이디어를 잡아 대작을 낳으려고 하는 건 전형적인 아마추어의 자세다. 내가 아는 한 프로작가는 매일 꾸준히 쓰며, 기분이 좋든 나쁘든 날씨가 맑든 흐리든 계속해서 쓰고 또 쓴다.

> 고귀한 창작의 고통?
> 현실은 그딴 거 없고 굶지 않으려면 써야 한다.
> 작가란 매일 아침 규칙적으로 알을 낳아야 하는
> 닭의 운명에 가까웠다.

이러한 현실 인식과 더불어 나라는 인간을 그럴싸하게 만들어 파는 영업 활동도 소홀하지 않아야 했다. 그러니 글 쓰는 프리랜서의 삶이 적어도 출근과 퇴근이 있는 직장인의 삶보다 나아 보이지 않는다. 하지만 그보다 더 중요한 건 따로 있었다. 충분한 돈을 주고, 그 돈을 계속해서 줄 만큼 글을 잘 써야 한다는 사실. 아이고 괴로워! 그 냉혹한 사실을 적는 것만으로도 매우 괴롭네!

나도 저 골프 아저씨처럼 처음엔 글 쓰는 게 재밌어서 어쩔 줄을 몰랐다. 그래서 그 시절에 쓴 글은 지금 봐도 다 재미있다. 유치해도 재밌고, 지질해도 재밌어. 하지만 지금은 어떤가. 내가 쓴 글들을 보면 고치고 싶은 것투성이라 괴롭기만 하다. 그리고 다음엔 더 잘 써야 한다는 생각에 스트레스만 쌓인다. 나도 도와줘, 짱구.

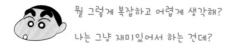

뭘 그렇게 복잡하고 어렵게 생각해?
나는 그냥 재미있어서 하는 건데?

즐거운 글쓰기로 돌아가기 위해 짱구의 가르침을 적용해 보면, 글쓰기 자체를 둘러싼 복잡한 생각들과 당장 답이 나오지 않는 답답한 고민은 좀 내려두고 일단 그냥 뭐든 쓰는 거다. 재밌는 순간과 감정에만 집중하라는 단순한 진리 말이다. 성공한 이들 모두 이렇게 별거 아닌 태도로 놀라운 성취를 이뤘다는 사실을 떠올려 본다.

'생각은 무슨 생각을 해. 그냥 하는 거지 뭐'라던 김연아도,
'인생의 모토가 있다면 생각을 많이 하지 말자는 것'이라던 조성진도,

모두 짱구의 가르침을 자신의 일과 삶에 적용하고 있다. 그러니 눈 딱 감고 짱구를 한번 믿어보려고 한다. 삶에 대한 고민에 휩싸여 골몰하다가 점점 경직되기보다는, 즐겁고 가벼운 몸풀기 상태로 하루하루 활기찬 삶을 살기로 다짐해본다.

힘
빼기의
기
술

《크레용 신짱》 10권 57쪽에서

'오늘은 누구에게 화를 낼까?' 그 생각을 첫 번째로 하면서 회사에 나오는 건 아닐까 싶은 사람과 일을 한 적이 있다. 미간에 내 천(川)자를 그리고, 실무자 중 가장 높은 직함을 달고 있는 최 국장이었다. 그의 옆에는 무능함을 사람 좋아 보이는 처세로 무마하며 자리를 보전 중인 박 부장이 있었다. 그는 부장이라는 직함보다 장로라는 직책에 더 어울리는 사람으로 무슨 일이든 교회 안에서의 인맥으로 해결하려고 했다. 싸구려 막창만큼이나 질긴 박 부장의 포교 끝에 최 국장이 교회에 나가기 시작했다는 걸 처음엔 아무도 믿지 않았다. 최 국장이 주간 업무 회의 시간에 '나는 앞으로 절대 화를 내지 않겠다'라고 천명할 때까지만 해도 반신반의(半信半疑)했다. 분노를 억제하고 금단에 시달리다 모든 걸 파괴하는 건 아닌지 전전긍긍하며 말이다.

그러나 사내 메신저 대화명을 '내 영혼의 주인이신 하나님'으로 바꾼 다음부터 놀랍게도 국장의 미간에 있던 내 천(川)자가 흐릿해지는 듯싶었다. 매일 '똑바로 해라', '가만있지 않겠다', '내가 이 자리에 허투루 올라온 줄 아느냐'는 윽박지름으로 채워지던 회의 시간이 목사님의 설교처럼 추상적인 명상의 언어들로 채워지는 것이 아닌가. 모두 이 평화가 언제까지 이어질지 몰라 불안해하면서도 안도했다. 어느 날 갑자기 국장의 책상 위에 등장한 성경책이 우리에겐 기적과 같은 방어막이 돼준 것이다. 그렇게 한동안 누구도 호통을 듣지 않는 평화로운 날들이 이어졌다. 긴장감을 잃은 김 차장이 구내식당에서 밥을 먹다 말고 깐족대기 전까진 말이다.

일요일엔 〈TV 동물농장〉도 봐야 하고 밀린 빨래도 해야 하고 할 게 많아 교회는 절대 못 다니겠다는 김 차장의 말에 참다못한 국장이 소리쳤다. "너 함부로 그딴 소리 하지 마라!" 결국 한 달 넘게 참아온 욕을 입 밖으로 내뱉은 것이다. "에이 씨발, 앞으로 무조건 크리스천만 채용해야겠어." 이후 '종교에 상관없이 성경을 읽는 사내 모임'이 생겼다.

국장은 뭐든 무섭게 빠져드는 타입이었다. 일할 때도 자신을 불사르지 않으면 성에 차지 않는 전형적인 워커홀릭이었다. 미친 듯이 달려가다 보면 사람도 기계처럼 과부하가 걸려 이상 신호가 올 수밖에 없는데도 잠시 멈춰 돌아보는 법이 없었다. 상황을 쥐어짜서 일을 더 만드는 식이었다. 문제는 그 강한 에너지를 다른 사람에게도 공격적으로 퍼붓는 데서 발생했다. 일을 제대로 배워보겠다며 의욕적이던 나는 "힘내라, 힘내자고! 조금만 더 힘을 내보자!"라고 외치던 국장의 강력한 주문에 붙들려 전력 질주를 하다가 그만 고장이 나버렸다. 힘을 내려고 안간힘을 쓸수록 힘이 잔뜩 들어간 몸은 전혀 말을 듣지 않았고, 점점 더 깊고 시커먼 곳으로 가라앉듯 숨이 막혔다.

 여자 사람 살려!
강력한 파도에 떠밀려 너무 깊은 곳으로 와버렸어.

돌이켜 보면 그때의 나에게 필요했던 건 가만히 힘을 빼라는 조언이었는데 말이다. 안타깝게도 나는 한동안 버티다 완전히 나가떨어졌다. 대체로 사람들은 지쳐 있는 사람에게 응원의 마음을 담아 조금만 더 힘을 내보자는 말을 하기 마련이다. 나도 그랬다.

하지만 다 소진해버린 사람에게 필요한 건 격려의 말이 아니라
그만 멈추고 힘을 빼라는 신호다.

짱구 뺨에 공기를 가득 넣고 몸에 힘을 빼면 뜰 거야.
여자 저, 정말! 몸에 힘을 빼니까 되네.
살았다. 흐윽! 신 짱, 고마워!

실제로 수영을 할 때 가장 먼저 배우는 게 몸에 힘을 빼는 기술이다. 그래야 몸이 가라앉지 않고 뜨기 때문이다. 수영을 처음 배울 땐 이 법칙이 아이러니하게 느껴졌지만, 지금은 삶의 전반에 적용되는 태도라는 걸 안다. 물론 인생은 수영과는 비교도 안 될 만큼 복잡하고 예측 불허하지만 말이다. 발이 땅에 닿지 않는 상황에 놓이게 되면 힘을 빼기가 생각보다 쉽지 않겠지. 하지만 그럴수록 기억해야 한다.

힘들다는 신호는 빨간불이 꺼져야 파란불이 들어오는 것처럼
달리라는 것이 아니라 멈추라는 의미인 것을.
그러니 지금 힘든 사람 모두 힘 빼요.
힘을 빼는 순간, 몸과 마음이 편안하게 떠오를 거예요.

벽에 부딪힐 땐
벽이 없는 길로 가라!

어느 날.
짱구 선생님이 전근을 가게 되었다.

《크레용 신짱》 49권 96~97쪽에서

성공 신화의 주인공인 유명 기업인들도 이제 거의 죽거나 감옥에 갔고, '내가 해봐서 안다'며 사람을 불도저나 굴삭기 같은 기계처럼 취급하던 전직 대통령도 감옥에 갔다. 확실히 고난을 딛고 성공한 삶의 신화를 팔던 유행은 지난 것 같다. 물론 난 단 한 번도 성공 신화 강연을 듣거나 자기계발서를 읽고 감동해 본 적은 없다. 모든 성공 신화의 이면에 감옥에서 말년을 보내야 할 만큼의 어두움이 있는 건 아니겠지만, 훌륭한 사람의 삶이 왜 팔리겠나 하는 근본적인 질문을 하지 않을 수 없다.

그들이 팔리는 이유는,
세상이라는 가차 없는 벽 앞에 부딪혀 박살 나고 미끄러지고 넘어진
수많은 사람 중에 살아남은 단 한 사람이기 때문이다.
그리고 그런 일은 우리한테, 적어도 나한테는 있을 수 없어.

차라리 벽 자체를 거부하고, 다 같이 주먹으로 때려 부수자며 혁명의 불을 지피는 쪽이 더 끌리긴 한다. 하지만 냉정하게 말해서 지금 시대에 혁명이야말로 성공 신화보다 더, 더, 더, 먼 이야기라는 차가운 사실이 뼈를 때릴 뿐. 오해가 없길 바라는데, 벽을 뛰어넘은 인간의 성공담은 필요하다. 신체의 한계를 뛰어넘어 신기록을 세우는 운동선수들을 볼 때마다 울컥하는 것처럼, 실패와 좌절을 뛰어넘어 목표를 이룬 이들은 존재 자체로 감동을 주니까. 그러나 애초에 너무 높게 세워진 벽이라면 힘을 합쳐 부수고 쓰러트려 더 좋은 세상을 만드는 사람들도 필

요하다. 지구 상에 그들에게 빚지지 않은 인생은 없으니까. 그런데 말이야. 벽도 아니고 과속 방지 턱만 한 장애물 앞에서도 잘 미끄러지고 넘어지는 나 같은 사람에게는 둘 중 어느 쪽도 무리라는 생각이 든다. 달려도 보고 때려도 봤지만, 근사하게 벽을 넘은 기억도 없고 근사하게 내 앞에서 벽이 무너지는 걸 본 적도 없으니까.

진로를 바꿔 보겠다고 편집 디자인을 배웠을 때를 떠올리면 지금도 후회가 된다. 새로운 기술을 배우는 게 재밌고, 숙제해가면 친절하게 가르침을 받는 수강생 시절은 좋았지. 결과적으로 출판계의 내밀한 사정을 알았다면 절대로 하지 않았을 선택이었다. 수료증을 받은 뒤, 사회에 다시 나가려고 했을 땐 중고 신입을 받아줄 곳이 아무 데도 없었다. 내게 허락된 자리는 업계 사람들이 절대로 피하라고 하는 곳들, 수상하게도 항상 사람을 구하고 있는 곳들뿐이었다. 그래도 한번 부딪혀서 그 벽을 넘어보려고 했는데, 일하다 보면 배우는 게 반드시 하나라도 있다는 상식이 통하지 않는 경우가 있다는 걸 그때 제대로 알게 되었다.

　그곳에서는 내게 경력도 나이도 묻지 않는 대신 일에 관한 질문도 허락하지 않았다. 너무나 예쁜 동화책 시리즈를 내던 곳이었는데 나 같은 사람들이 기계 부속품처럼 빼곡하게 앉아 밤새도록 포토샵을 열어 놓고 사자의 털을 누끼 따느라 바빴다. 밤 열두 시 전에 퇴근하는 일은 거의 없었고 일주일에 집에 두 번쯤 가는 사람도 많았다. 어느 날 아침에 출근하지 않는 사람이 보이면 그만둔 거였을 정도로 분위기는 삭

막했다. 그리고 아무리 일을 해도 진척이 없다는 게 가장 문제였다. 일을 실컷 해봤자 윗선에서 클라이언트를 만나고 오면 모든 걸 다시 하는 식이었다. 사회 초년생도 아닌데 그런 식으로 돌아가는 조직을 처음 겪다 보니 정신이 붕괴되는 기분이었다.

나는 용기를 내서 윗선의 방문을 두드렸다. "클라이언트와 같이 스타일을 정확히 정한 뒤에 일하면 안 될까요?" "신입이 말이 많군요. 일단 시키는 대로 하세요." 나는 똑같은 대답을 세 번쯤 들었을 때 포기했다. 월급을 세 번쯤 받았을 때, 더는 출근하지 않겠다고 말했다.

이번에는 문제집을 만드는 곳으로 옮겼지만, 거기도 마찬가지였다. 매일 표지 디자인 시안을 두 개씩 내라고 했지만, 당연히 통과할 수 없었다. 그리고 본문을 만드는 일은 끝이 없었다. 그다음엔 자기계발서를 만드는 곳으로 옮겼지만, 마찬가지였다. 거치는 곳마다 해가 떠 있을 때 건물 밖에 나가는 것을 용납하지 않는 곳들이었다. 아무도 대화하지 않았으며, 아무것도 알려주지 않았다. 출판계에 그런 곳들이 무수하다는 걸 알아차리기까지 나는 갖고 있던 것들을 꽤 잃었다. 시간과 통장 잔고를 허비했고, 무엇보다 체력과 마음이 바닥났다.

돌이켜보면 애초에 내가 넘을 수 없는 벽이었는데,
나는 거기서 무얼 하고 있었던 걸까?
겹겹이 쌓인 벽, 벽 넘어 벽인 벽들의 산맥 앞에서
깨끗하게 돌아 나왔어야 했는데…….

다시는 그런 시행착오를 겪고 싶지 않다.

가능하면 벽이 없는 길로 가고 싶다.

2년이라는 시간은 물론 인생 전체를 봤을 때 짧지만, 그 구간을 지나는 동안은 숨이 막혔다. 출구가 보이지 않는 답답한 터널을 통과하는 도전을 또 해보겠냐 누가 내게 묻는다면, 난 거절이다.

눈앞에 놓인 벽을 피할 수 없다면 즐길 줄도 알아야 하겠지.

하지만 피할 수 있으면 피하자.

벽을 넘을 사람은 뛰어넘고, 부술 사람은 힘차게 부수고!

그럴 수 있다면 그것도 좋겠지.

하지만 그럴 기운도 기분도 남아 있지 않은 사람들은,

일단은 그냥 벽이 없는 길로 가자.

회피 스킬을
획득했습니다

아직 오후 네 시도 안 됐는데 왜 이렇게 지치는 걸까.

'죄송하지만 오늘 준비된 기력이 모두 소진되었다'라는

팻말을 목에 걸고 바닥에 눕고 싶은 심정이다.

해가 지고 하루가 끝이 나려면 예닐곱 시간은 족히 남았는데, 지금 당장 시계의 태엽을 돌려 깜깜한 밤을 불러온 뒤 몸과 마음을 모두 리셋하고 싶다. 이런 허황한 망상에 이유가 없는 건 아니다. 오전부터 구하고 싶은 일이 결국 구해지지 않았고, 서점에 갔더니 찾는 책이 품절이었다. 그리고 화장품 가게에 갔더니 몇 달 전부터 사려던 색상의 섀도만 없었고, 주민 센터에 갔더니 아슬아슬하게 거주민 혜택 자격 미달이었다. 여기까지만 해도 허기가 몰려와 다 포기하고 근처 식당에 갔는데 맙소사, 임시휴업이었다.

　일에 관련된 실패가 아닌 이상에야 누구에게나 충분히 일어날 수 있는 일들이긴 했다. 혹은 오늘따라 운이 조금 안 따라주는 것일 수도 있지. 하지만 아무리 사사로운 일일지라도 사람이 하루에 세 가지 이상의 거절을 연달아 당하다 보면 기운이 빠질 수밖에 없다. 그런데 나는 무려 다섯 가지의 실패를 한나절 만에 당했으니, 하루 치 에너지를 반나절 만에 다 써버린 듯한 무력감이 찾아왔다. 이렇게 실패감에 기운이 바닥날 때는 동네 카페로 가서 치즈케이크 한 조각을 먹어야 한다. 부드러운 케이크 한 조각을 포크로 집어 혀 위에 올린 다음 입천장에 대고 살살 녹이면서 떠올려 본다. 지금과는 달리 기운이 펄펄 넘치던 사회 초년생 시절을 말이다.

고달픈 취업 준비 기간 잠들기 전, 나는 내 이름이 박힌 명함을 갖고 싶다는 기도를 매일 했다. 입사에 성공한 순간, 그 간절함은 '의욕과다성 망상 상태'를 초래하긴 했지만 말이다. 보통의 신입 사원들이 으레 그렇듯 주어진 일 이상으로 잘 해내서 사수에게 칭찬받고 싶다는 마음이 있었다. 줄곧 배우는 인생을 살다가 일이라는 걸 한다는 것 자체도 꽤 재미있었는데 나를 끌어주고 당겨줄 거라 기대했던 이 사수가 문제였다. 내가 신입이었던 만큼 촌스러울 정도로 열심인 상태였던 것도 맞고, 그 사수가 직장 오 년 차이니만큼 열정보단 여유가 있었던 것도 맞지만, 너무 남처럼 느껴졌다. 직장 상사가 당연히 남이지 그럼 가족이냐 싶겠지만, 나와 같은 일을 하는 게 맞나 싶은 기분이 들 정도로 동떨어진 느낌이었다.

　　그는 꽤 유머러스한 사람이었다. 남을 깎아내리기보다는 자신을 낮추는 안전한 유머를 구사할 줄 알았다. 하지만 일에서는 그게 문제였다. 회사 일이라는 게 혼자서는 할 수 없기에 아무리 철저하게 준비한다고 해도 외부 요인이라는 변수가 발생하면 실패할 수 있다. 그리고 애초에 예측을 잘못해버리면 성공하지 못할 때도 있다. 꼭 월급을 받아서가 아니라, 에너지를 쏟았는데 일이 잘못됐을 땐 속도 상하고 변명도 하고 싶다. 왜 실패했는지 진지하게 돌아보며 다음을 도모하고 마음을 다잡기까지 쉬운 일은 아닌 게 사실이다. 그런데 이 사람은 언제나 실패를 자학 개그의 에피소드 정도로 취급했다. 처음엔 그의 여유로운 태도가 짬에서 나오는 내공 같고 어른의 의연함처럼 보이기도 했다. 하지만 반복되다 보니 나중엔 좀 한심해 보였다. 시간과 열성을 쏟은 일이 실패했는데 마치 남의 일처럼 구는 그가 실제보다 더 무능해 보이기까지 했다. 정말 오랜만에 기억해냈는데, 그 회사에서 그보다 내가 먼저 퇴사했다.

오늘처럼 실패감이 밀려오는 날엔 문득 그가 생각난다. 혹시 그는 실패가 너무 힘들었던 게 아닐까. 그래서 그 감정을 솔직하게 드러냈다가는 오늘의 나처럼 길바닥에 눕고 싶어질까 봐 실제로는 진지했지만, 겉으로는 가벼워 보이고 싶었던 게 아닐까. 경력을 족히 십 년은 채운 뒤에야 나는 그를 이해하게 되었다. 누구나 실패에 대처하는 자기만의 방법이 있을 테고, 그는 내가 모르는 수많은 실패 끝에 그 방법을 찾아낸 게 아닐까. 눈앞이 캄캄할 땐 실패를 직면하길 거부하고 차라리 회피하는 기술을 연마했을지도 모른다.

일곱 번 넘어져도 여덟 번 일어나며 씩씩하게 온몸으로 실패를 받아내던 사회 초년생 시절을 보내고 나니 나도 노련하게 그 기술을 써보고 싶다.

> 삶은 길고, 살아 있는 한 이어질 성공과 실패의 요철을
> 매번 온몸으로 받아내다가는 뼈마디가 남아나질 않을 테니까.

자학 개그 에피소드처럼 별스럽지 않게 실패를 넘기는 기술이 필요한 때가 오거나 하루치 기력을 반나절 만에 모두 소진하고 방전될 것 같은 순간이 닥치면 떠올려보자. 치즈케이크를 입에 넣고 남 일 보듯이 실패를 떠나보내며 기운을 비축하는 방법도 있다는 걸.

누가 정했을까

축구에 손을 못 쓰게 하는 규칙은

《크레용 신짱》 5권 53~54쪽에서

직장을 그만두고 불안정한 삶을 살기로 마음먹었을 땐 몰랐다. 일을 구하는 것부터 시작해서 마지막에 돈을 받아내는 것까지 어느 하나 대신해줄 사람이 없다는 게 이렇게 고되다는 것을 말이다. 같이 상의하고 일도 나눠 가질 수 있는 동료나 상사가 없다는 것도 힘들었지만, 갈등이 생겼을 때 소속된 회사의 타이틀이 있다는 것만으로도 많은 분쟁의 절차가 생략된다는 걸 그때는 실감하지 못했다. '프리랜서로 일하면서 고정 일 딱 두 개만 잡고 싶다'는 간절한 생각은 마치 '로또 1등은 무리니까 연금복권만 되면 좋겠다' 수준의 황당한 요행이란 걸 그때는 미처 깨닫지 못했다.

이러다 월세도 못 벌겠다 싶을 때쯤 간절히 바라던 '고정적인 일'을 하나 구하게 되었다. 일요일부터 목요일까지 매일 한 시간 정도 재택근무로 준비를 한 뒤, 출근해서 두 시간 정도 이어서 일을 하면 되는 거였다. 출퇴근 거리도 멀지 않아 일당으로 따져 보았을 때 보수도 꽤 괜찮았다. 하지만 막상 일을 시작하고 나니 전혀 다른 상황이 펼쳐졌다. 클라이언트 쪽에서 일을 넘겨주는 시간이 일정치 않았다. 게다가 출근해서 두 시간이면 된다던 일이 서너 시간을 꽉 채우는 날도 있었다. 웃긴 건, 매번 뒤죽박죽이 아니라 주 5일 중 적으면 한 번 많으면 세 번씩 예상했던 일정보다 초과 근무하기도 하고 또 가끔은 아주 일찌감치 퇴근하기도 하다 보니, 안 그래도 초보 프리랜서였던 나는 어떻게 이 난관을 풀어야 할지 난감했다.

두어 달쯤 지나고 일에 투자한 시간과 번 돈을 따져 통계를 내 보니, 내가 터무니없는 보수를 받으며 일하고 있다는 게 명확해졌다. 클라이언트가 처음 제안했을 땐 하루 3~4시간 투자하는 일이었지만, 사실상 나는 언제 발생할지 모르는 돌발 상황을 위해 대기하느라 다른 일을 거의 하지 못했다. 그 후로도 꽤 여러 달을 버티다가 용기를 내서 클라이언트에게 돈을 더 받아야겠다고 말했다. 그러나 경기침체로 예산이 부족하다는 뻔한 대답과 함께 거절당했고, 결국 일을 그만뒀다. 아무리 힘들어도 최저임금도 받지 못하는 일은 하지 말자는 생각이었다.

일 년이 지났을 때 그 회사 소식을 알게 되었는데, 아니나 다를까 그 조건에 맞는 사람을 구하지 못해 대학생 아르바이트를 쓰다가 문제가 많이 발생했다고 한다. 거기까지 듣고 끝났다면 약간은 통쾌했을 텐데, 웬걸 보수를 아예 좀 더 낮추는 대신 출퇴근 없이 재택으로만 일하겠다는 제안을 한 경력자에게 그 일이 넘어갔다는 것이다. 그렇다면 꽤 괜찮은 조건이었다. 내가 아무리 초보 프리랜서였어도 직장 생활을 한 경력이 얼만데 그런 제안을 할 생각을 왜 못 했던 걸까. 이번 달엔 월세를 버느냐 마느냐 하는 현실적인 문제에 늘 얽매여 있다 보니 그런 유연한 생각을 전혀 하지 못했다.

짱구 간다! 통~
토루 호-
축구는 손을 쓰지 못하게 돼 있어!

짱구  누가 정했는데?

토루  규칙을 만든 사람이.

짱구  그럼 그 사람한테 손을 써도 되게 해달라고 하면 되잖아.

친구들과 액션유치원 축구대회를 대비해 연습 중이던 짱구는 데굴데굴 굴러오는 축구공을 잡으려고 손을 뻗었다. 그걸 본 토루는 손을 쓰지 못하게 돼 있다고 축구 경기의 규칙을 설명했지만, 짱구는 알겠다는 대답 대신 규칙을 만든 사람에게 손을 쓰게 해달라고 하자는 말을 한다. 짱구가 이럴 때마다 난 짱구보다 헛살았다는 생각이 든다.

> 그래. 누군가가 정한 규칙이 있다면
> 그 사람이 바꿀 수도 있는 거잖아.
> 말이라도 해보자는 거지.
> 규칙을 멋대로 지키지 않는 건 나쁜 거지만,
> 상의해서 정한 규칙이 있다면 다시 합의를 통해
> 바꿀 수도 있는 거잖아.
> 그런데 왜 먼저 말을 걸어 볼 생각을 하지 못했던 걸까.

모든 인간관계는 일방적이지 않다. 가족, 친구, 연인뿐 아니라 사회생활을 하며 일로 만난 사람들 모두 그렇다. 나와 그 사람의 관계가 지금 유지되고 있다면, 우리는 이해하는 마음과 합의하는 생각을 통해 그 관계를 같이 만들어가고 있는 것이다.

하지만 상황이란 늘 변하기 마련이고, 우리를 둘러싼 외부 요인은 언제나 통제 밖에 있지. 관계를 맺으면서 자연스레 생긴 일종의 규칙을 어느 한쪽이 지키기 힘들어진다면 그때의 마음고생은 이루 말할 수 없다. 둘의 관계를 올려놓은 저울이 균형을 잃고 기울어질 때마다 '어른의 세상은 결국 혼자 사는 거니까'라며 관계를 종결짓던 일들이 떠오른다. 이제는 그런 상황이 오더라도 더는 힘들어 말고 짱구처럼 이 난관을 헤쳐나갈 수 있도록 손을 쓰게 해달라고 내가 먼저 말을 해보고 싶다.

**Part 4.**

# 걱정은
# 지나가던 흰둥이에게
# 모두 줘버려

버려야
비로소 정리되는 것들

《크레용 신짱》 1권 98쪽에서

《잃어버린 물건들의 도시》라는 제목의 소설을 읽진 않았어도 들어본
적이 있을 것이다. 애초에 없는 소설인데 왜 그런 생각이 드는 걸까?
그건 너무 그럴싸하기 때문이지. 잘 둔다고 둔 물건은 반드시 못 찾고,
언젠가는 꼭 쓸 거라서 버리지 않고 차곡차곡 모아둔 물건들은 오늘부
터 하루에 하나씩 쓴다고 해도 다 못 쓸 만큼 쌓여 있다. 사실 내가 뭘
가졌는지도 잘 몰라서 이쯤 되면 정리라는 게 과연 뭘까 하는 근원적
인 질문에 봉착하게 된다. 정리하지 않으면 이사를 하기 전까진 결코
찾을 수 없는 컴컴한 방구석 어딘가에 머리끈과 양말 한 짝과 휴대폰
충전 케이블과 립밤 같은 것들이 모여 있을 것만 같고 정리를 한다고
해도 일 년에 한 번쯤 추억 팔이 이벤트를 하는 날을 만들어 줄 뿐이다.
어머, 이게 여기 있었네?

짱구 엄마  정리란 쓰는 물건과 안 쓰는 물건을 구분해서
         넣어두는 걸 말하는 거야.

짱    구  이건 당분간 안 쓸 테니까 넣어두자.

짱구 엄마  얌마! 돌멩이를 넣으면 어떡해!

짱    구  돌멩이 아냐. 네네랑 소꿉놀이할 때 지은 밥이야.

자취를 하기로 한 뒤 가장 먼저 한 일은 2박 3일 동안 책상과 책장과
침대 밑의 모든 수납공간을 뒤집어엎으며 벌인 대대적인 정리다. 솔직
히 고백하자면 거기서 찾아낸 물건들의 8할이 쓸모없는 것들이었다.

오랜만에 보니까 한동안 잊고 있던 기억이 떠올라 반갑기도 했지만, 이걸 여태 갖고 있었네 싶은 것들도 있었다. 다시 반가운 것들만 따로 모아보아도, 서랍장보다는 쓰레기통으로 갈 물건들이 대부분이었다. 평소에 물건을 미련 없이 잘 버린다고 자부했건만, 머지않아 까맣게 잊을 물건들을 정성스럽게 모아둔 과거의 나에게 코웃음이 났다.

그래서인지 가끔 짱구가 하는 짓을 보면 얘가 정말 생각이 없는 건지 고도의 돌려 까기식 통찰을 보여주는 건지 헷갈릴 때가 있다. 네네와 소꿉놀이할 때 지어 먹은 돌멩이 밥 같은 것들로 가득한 내 서랍장…….

빛도 들지 않는 방 한구석에
버려도 될 기억을 꾸역꾸역 쌓아두고
나는 얼마나 무겁게 살아온 걸까.


너무 사소해서 아무도 들를 일 없는 개인사 박물관을 짓는 일은 이제 그만. 과거를 돌보지도 않으면서 지금을 비좁게 사는 일은 이제 그만해야겠다.

정리란 쓸 물건과 쓰지 않을 물건을 잘 분류해서 넣어두는 것.
그리고 버릴 것은 버려야 정리된 지금을 살 수 있다는 것을.

인생이
간단한 문제는 아니지만

우메 선생님과 그의 애인 도쿠로 아저씨는
서로 사랑하면서도 복잡한 어른의 사정 때문에 헤어지고 말았다.
바로 내일은 도쿠로 아저씨가 아프리카로 떠나는 날이자
부모님이 주선한 맞선 상대와 원치 않는 약혼을 해야 하는 날.
우메 선생님은 괴로움에 혼자서 술을 마구 마신다.

한편 짱구가 이 모습을 보게 되고,
엄마의 휴대폰으로 취중 진담을 쏟아내는 우메 선생님의 동영상을 찍는다.
다음 날 영상을 본 아이는 토루의 만류에도 불구하고
마사오, 보오, 짱구까지 모두를 이끌고 용감하게 유치원을 탈출!
아프리카로 떠나기 직전인 도쿠로 아저씨에게
우메 선생님의 진심을 전하러 달려간다.

도쿠로 씨의 진짜 마음은 어때요?

그런 거 대답해봤자 이미 너무 늦었어.

왜요?

우메 씨는 오늘 약혼이고, 난 아프리카로 떠날 거야!! 너희 같은 아이들이 생각하는 것처럼 간단한 문제가 아니라고!!

그래, 우린 아이들이야!! 하지만 아이들은 정직하다고!! 도쿠로 씨도 좀 정직해져 봐!! 사실은 아직도 마츠자카 선생님을 사랑하면서!!

응

네네...

마사오...

난 이 일과 아무 상관 없잖아.

하지만 난 간단하게 생각하는 게 좋아. 배가 고프면 먹으면 되고. 응가 하고 싶으면 그냥 싸면 되고.

냉장고가 텅 비었으면 사다 채우면 되고.

그래... 이제야 내 마음이 허전한 이유를 알겠다. 지금 내 마음은 이 냉장고처럼 텅 비어 있는 거야.

그렇다면 뭘 채워 넣으면 좋을까...

제길, 나도 사실은 간단하게 생각하는 게 좋았어!!

그래, 간단하게!! 정직하게 생각하자!! 난 아직도 우메 씨가 좋아~!!

《크레용 신짱》 47권 65~66쪽에서

학생일 땐 해마다 학년이 올라갔고, 회사에 다닐 땐 연차에 따라 직급과 연봉이 올라갔다. 물론 연봉은 아주 미세하게 올라가긴 했지만, 그래도 해가 바뀌었음을 확실하게 확인할 수 있었다. 하지만 프리랜서가 되고 나니 그 어디에서도 일 년을 보냈다는 확인을 받을 수 없었다. 방학과 개학이 없고 종무식과 시무식도 없었다. 무료함과 불안함의 경계까지 미묘했다. 시간은 자동으로 가고 또 나이를 먹는다는 걸 알면서도, 복잡한 생각과 현실의 문제들로 뒤엉킨 마음 탓에 또 일 년이 지난다는 게 올해는 유독 좀 힘들었다.

그래서 고민 끝에 몇 달 전부터 푼돈을 좀 모았다. 나이가 별것 아닌 거 알면서도 이 이상하게 나쁜 기분을 극복하기 위해서 말이다. 다가올 생일에는 나름의 조치를 취해서 특별하게 보내보자고 결심했다. 첫째, 2종 소형 면허 자격증을 따서 바이크를 한 대 장만하기. 둘째, 9박 10일 네팔 히말라야 랑탕 트레킹을 떠나기. 두 가지를 정해놓고 무엇을 선택할지는 반년쯤 뒤에 고르기로 했다. 우선은 구글 검색으로 정보를 모으는 틈틈이 유튜브로 영상을 찾아보면서 시간을 보냈다. 자기 전에 소형 면허 굴절코스 팁 영상과 랑탕 트레킹 안내서 포스팅 등을 스크랩하곤 했는데, 정보라는 게 다 거기서 거기인데도 질리지 않았다.

그러다 갑자기 기르던 개가 아팠다. 나이가 많은 개라서 큰 수술을 하고 회복하기까지 큰돈이 들었다. 그렇게 모아둔 돈을 다 털어 넣고도 카드빚을 졌다. 수술 후 고맙게도 몇 달을 더 버티던 개는 결국 내 곁을 떠났다. 장례까지 치르고 나니 정말 아무것도 남은 게 없었다. 생일이 온다고 해도, 하고 싶은 것이 없었고 할 수 있는 돈도 없었다. 다시 예전의 마음으로 돌아가 푼돈을 모으면 되겠지만, 그럴 기분이 아니었다. '사는 건 정말 간단한 문제가 아니야.' 그렇게 어제보다 더 심각해진 얼굴로 설거지를 하던 어느 오후, 틀어 놓은 라디오에서 이런 이야기가 흘러나왔다.

> "사는 것, 나이 먹는 것에 의미를 부여하지 마세요.
> 하고 싶은 게 여러 개 있으면 무엇을 할까 고르지 말고
> 차근차근 다 하세요.
> 아무것도 하기 싫으면 굳이 억지로 하지 마세요.
> 그때그때 하고 싶은 것은 하고 하기 싫은 것은 하지 않으면서,
> 오늘 하루를 사세요.
> 여러분, 백세시대가 당장 코앞에 닥쳐왔는데
> 한 살 두 살 나이 먹는 것에 큰 의미 부여하면서 감상에 젖는 거요?
> 저는 이제 안 하려고요."

뜨끔했다. 씻고 있던 그릇을 놓칠 뻔했지 뭐야. 그리고 웃음이 났다. 맞아. 인생이 간단한 문제가 아니라는 건 나도 알아. 하지만 중요한 건, 간단하게 생각해버리는 거다. 어른이라면 내 삶에 책임을 져야 하지만, 그렇다고 해서 매 순간 심각하고 진지해야 하는 건 아니지. 계획을 세

왔는데 그게 틀어졌다고 해서, 설거지를 하면서까지 심각한 얼굴일 필요는 없지. 그게 내 숨통을 답답하게 조여 오는지도 모르고, 우울하게 보낸 몇 달의 시간이 바보처럼 느껴졌다. 개의 죽음은 나에게 너무 큰 상실이었기에 일상으로의 복귀가 몹시 어려웠던 것은 사실이다. 하지만 그것은 거스를 수 없는 자연의 섭리였고 이미 지난 일이기도 했다. 언제까지고 복잡한 심경 속에 꼼짝없이 갇혀 있을 수만은 없는 노릇이었다. 그렇게 털고 일어나 조금씩 나는 나의 삶으로 돌아왔다.

그래. 떠나간 개가 생각나면 생각하고, 힘들면 생각하지 말자.
이제부턴 배가 고프면 먹고, 냉장고가 비어 있으면 다시 채우자.

멈추고 싶으면
네가 먼저 멈춰!

왕따의 표적이 된 사루와키.
충동적으로 난간에서 뛰어내리려다 매달려 버둥거린다.

《크레용 신짱》 49권 74~75쪽에서

오래된 드라마를 요약해서 보여주는 프로그램이 있었다. 그마저도 오래된 프로그램이지만, 지금은 중년을 훌쩍 넘긴 배우들의 젊은 시절 모습을 통해 낯선 정서의 80~90년대 드라마를 보는 재미가 있었다. 그 중 1988년에 방영된 〈내일이 오면〉이라는 드라마는 동명의 미국 소설을 원작으로 여주인공의 파란만장한 인생을 그렸다. 엄마의 자살을 시작으로 억울하게 절도와 상해죄 누명을 쓰고 감옥에 간 주인공이 출소 후 진짜 범죄자가 되어 엄마를 죽게 한 자들에게 복수하다가 가족, 연인, 아기, 직장까지 모든 걸 잃고 나락으로 치닫게 되는 내용이었다. 아직도 기억나는 마지막 장면은 경찰에 쫓기다가 바닷가로 피신한 주인공과 연인이 방파제에 올라섰을 때다. 그때 화면 아래로 보이던 '더는 갈 곳이 없는 두 사람'이라는 자막. 저 우여곡절 많고 파란만장한 인생을 '한 줄 요약'해버리는 건가 싶어 웃긴 장면이 아닌데도 웃음이 터지고 말았다.

도박이나 마약, 살인이나 절도 같은 범죄에 빠져 인생이 파멸로 치닫는 드라마 속 주인공과 같은 인생을 사는 사람은 흔치 않겠지만, 누구나 살면서 한 번쯤은 사소한 잘못이나 우연한 선택으로 관계나 상황을 망쳐버린 경험이 있을 것이다. 평정을 잃을 만큼 눈앞이 캄캄해지고 도저히 해결할 방법이 떠오르지 않는 상태에서는 대체 내가 언제 여기까지 왔지 싶은 순간에 정신이 번쩍 들더라. 잘못인 걸 알면서도 끊을 수 없어 지속한 비도덕적 관계나, 생계와 직결된 직장에서 실수를 덮으려다 궁지에 몰리는 경험 다들 해봤을 것이다. 이마에 '몸부림치다 결국 갈 곳 없어진 사람'이라는 자막을 써 붙일 만한 경험도 있겠지.

 멈추고 싶으면 그만 버둥거려. 네가 먼저 멈추라고.

돌이켜 보면 빠져나가려고 애썼던 나의 행위 대부분은 남 탓으로 결론이 났다. 내가 벌인 상황은 누가 대신 멈춰줄 수 있는 게 아니라 내가 먼저 멈춰야 했는데 그때는 그걸 몰랐다.

> 길을 잃고 헤맬 땐 주위에 온통 나무뿐이지만
> 결국 숲에서 나와야 숲이 보이듯이,
> 헛걸음과 발버둥이 반복될수록 그 자리에 딱 멈춰 서서
> 주위를 둘러봐야 한다.

애초에 잘못하지 않았다면 더 좋았겠지만, 여러 번 반복하지 않았다면 더 좋았겠지만, 그래도 내가 먼저 멈추어야만 맨 마지막에 가서 '영영 멈추지 못해 망해버린 사람'으로 자막을 쓰지 않을 수 있을 테니까.

구 태 의 연 한
**겸손 금지 !**

여러 나라 사람에게 운동을 가르치는 친구가 있다. 그 친구가 말하기를 자신의 경험상 서양인과 한국인은 뚜렷한 차이가 있다고 한다. 서양인들은 어떤 동작을 가르쳤을 때 어설프고 틀려도 자신감 있게 드러내면서 선생님이 자신을 봐주길 기대한다고 한다. 반면 한국인들은 꼭 자신이 안 볼 때 혼자 구석에서 연습하고, 쳐다보면 이미 다 했다고 한다는 것이다. 또 한국인들은 배운 동작을 한번 해보라고 하면 쑥스러워하면서 뒤로 빼고 잘하던 것도 긴장해서 틀린다고 한다. 그러나 서양인들은 자기가 틀리거나 말거나 '어때, 이 정도면 나 잘하지?' 하는 표정으로 쳐다본다나 뭐라나. 서양인들 특유의 과장된 제스처와 밝은 표정이 그려져 웃음이 났다. 물론 편견과 일반화가 가미된 이야기지만 충분히 공감하고 웃을 수 있는 이유는 뭐든 선생님이 안 볼 때 후다닥 해버리고, 스스로 완벽하다고 여길 때까진 절대 드러내지 않는 그 한국인이 바로 나라서…….

틀려도 다시 배우면 되는데 틀릴까 봐 자신 있게 드러내기를 주저하는 것은 내가 한국인이기 때문일까. 잘 아는 것도 대놓고 드러내면 안 된다며 겸양(謙讓)*을 미덕으로 여겨온 한민족의 정서가 내게도 어쩔 수 없이 묻어 있어서인 것 같다.

그래서 난 이 구태의연한 겸손의 자세를 버려야겠다고 마음먹었다.

• 겸양: 겸손한 태도로 남에게 양보하거나 사양함.

자만을 경계해야 하는 것처럼 지나치게 자기를 낮추는 태도 또한 경계해야 하니까. 진심은 그렇지 않으면서 겉으로만 자신을 낮춰 말하는 사람은 가식적이고 재수 없지만, 남들이 아무리 아니라고 해도 자신을 평가절하할 마음의 준비가 이미 되어 있는 사람은 더 안타깝다.

사실 이것은 간단한 문제가 아니다. 모든 것은 연결되어 있으니까……. 내가 원래 그런 사람이라고 믿기 이전에, 그런 상황에 놓이게 된 사정이 있을 것이다. 예를 들어 어릴 땐 나도 어디서나 당당한 어린이였다. 칭찬 스티커와 상장을 잔뜩 모았었다. 사회생활을 하면서도 비슷한 상황이 이어져 나는 원래 그런 사람인 줄 여기고 살았다. 하지만 어떤 계기로 삶의 환경이 바뀌었고 마치 그동안 주어진 좋은 기회와 운을 모두 써버렸다는 듯 실패를 연거푸 맛보다 보니, 어느새 거절당하는 일에 익숙한 사람이 되어 있었다.

내가 특별한 사람일지도 모른다고 여기며 살던 어린 시절의 꿈은 모두 사라져 버린 지 오래지만, 내가 평범한 축에도 못 끼는 사람이라는 걸 받아들이는 건 꽤 힘들었다. 현실을 깨닫고, 어른답게 평범한 일상을 유지하는 일은 생각처럼 쉽지가 않았다. 어느 시절엔 크게 노력하지 않아도 얻어지던 것들이 있었는데, 이제는 간절히 바라는 것조차 하나도 손에 쥐지 못하는 날들이 이어지고 있다. 포기하기 싫어서 시도하지 않았고, 자신이 없어서 못 하는 게 아니라 계속 못 하니까 자신이 없어졌다. 자신이 있다는 느낌이 점점 사라지니까, 나를 존중하는 마음도 점점 작아졌다. 자신감이 없으면 자존감이 낮아진다.

언제까지고 괴로운 상태로 살 수는 없기 때문에, 나는 많이 생각했다. 울면서 때려치우고 술을 찾지 않기 위해 맨정신으로 나에 대해서 생각했다. 나와 다른 사람들을 관찰했다. 혹시 사람들은 힘든 상황이든 좋은 상황이든 어떤 상태가 지속하면 불행도 행복도 점점 익숙해지는 걸까. 그리고 그러한 상태가 곧 나 자신이라고 믿게 되는 건 아닐까. 그래서 그 믿음이 단단해지면 변화가 찾아와도 보지 못하고 정말로 나는 '그런 사람'이라고 굳게 믿으며 살아가는 것 아닐까. 한때의 성공에 사로잡혀 현실의 불만 속에 사는 사람도, 세상이 변해감을 눈치채지 못하고 과거의 불행 속에 머물러 사는 사람도, 모두 나와 비슷한 괴로움에 시달리고 있는 건 아닐까.

좌절, 실패, 거절 등 부정적인 상태가 연속되면 자기 탓을 안 하기 힘들다. 하지만 그럴수록 상황과 나 자신을 분리해야 한다. 불행한 기분이 불행한 상태로 굳어지지 않도록 애써야 한다. 일부러 좋은 생각을 하기 힘들다면, 나쁜 생각을 멈추는 것만으로도 도움이 된다. 자신감 있는 사람이 뭐든 잘한다는 말은 근거가 전혀 없지만, 그럼에도 자신감이 중요한 이유는 '일상 회복력'에 있다. 매사에 자신감 있는 사람들은 힘들고 슬픈 시간을 충분히 보낸 뒤에 푹 자고 일어나 훌훌 털고 일상으로 복귀한다. 멈추기와 나아가기의 스위치 전환이 잘된다. 평소에 이런 사람을 곁에 두어야 한다. 외부 요인에 휘둘리지 않고 세상을 자신감 있게 헤쳐나가면서 꿋꿋하게 사는 사람 말이다. 그런 사람을 보는 것만으로도 마음은 자극을 받는다. 자존감에 관해 이야기하는 책을 보며 나는 나만의 답을 찾았다.

첫째, 나쁜 생각을 멈출 것.
둘째, 마음이 건강한 사람을 곁에 두고 인간 교보재[*]로 삼을 것.
그리고 마지막으로, 구태의연한 겸손의 자세를 버릴 것.

칭찬이나 격려의 말을 들었을 때 쑥스러운 감정 때문에 굳이 자기를 낮추거나 겸손의 말로 부정하기보다는 밝고 명쾌하게 "감사합니다" 할 수 있는 사람이 될 것. 이 세 가지를 기억하자. 우리 마음속을 들여다보면 자존감이 자신감 옆에 붙어살고 있다. 이것은 스스로 만들 수도 있지만, 서로가 키워주기도 한다. 혼자서는 세상을 도저히 살아갈 수 없고, 마음을 돌보는 일도 쉽지 않으니까.

결국 모든 것은 연결되어 있다.

* 교보재: 교육 훈련을 위한 보조 재료를 이르는 말.

나는

나로
살기로
했다

휴우, 오늘도 힘든 하루였어.

아기는 좋겠다. 일도 안 해도 되니.

나도 아기가 됐으면 좋겠네.

안 돼, 이건 비싼 거란 말야!

서랍에 넣어놔야지.

'좋겠다. 진짜 보석도 갖고 있구.'라고 생각 중.

'히잉, 저 사람이 되고 싶어.'라고 생각하고 있다.

그래, 그래. 지금 간다.

《크레용 신짱》 23권 87, 88, 89쪽에서

체인지 요정은 각자 다른 삶을 원하는 짱구네 다섯 식구의 소원을 모두 들어주기로 한다.
단, 원래대로 돌아가고 싶을 땐
24시간 안에 전원일치로 '돌아가고 싶다'고 원해야 한다는 말을 남기고 떠난다.
히마가 된 아빠는 출근하지 않아도 된다는 사실에 늦잠을 잘 때까진 좋았지만
아기의 몸이라 마음대로 움직일 수 없어 울음을 터트린다.
시로가 된 엄마는 집안일을 하지 않아도 된다는 기쁨도 잠시,
말이 통하지 않아 답답하다.
아빠가 된 짱구는 복잡한 출근길 전철에 시달리다가
결국 유치원에 가고 싶다고 울음을 터트리고 만다.
엄마가 된 히마도, 짱구가 된 시로도,
모두 달라진 모습이 괴로워 후회한다.
바로 그때! 전원일치 소원을 접수한 체인지 요정 덕분에
가족들은 가까스로 원래의 몸으로 돌아온다.

'인간은 타자의 욕망을 욕망한다.'

프랑스의 철학자가 했다는 이 말이 나는 그렇게 싫을 수가 없었다. 내가 갖고 싶고 되고 싶다고 생각한 이 간절한 욕망이 사실은 나 자신의 것이 아니라 그런 걸 욕망해야 한다고 세상이 세뇌한 결과일 뿐이라니? 철학자까지 소환하지 않더라도 인생에 대해 한 번쯤 깊이 생각해본 어른이라면 누구나 이런 결론에 도달해 보지 않았나요? 내가 정말 행복해지고 내 인생에 만족하려면 다른 사람이 뭐라 하든 휘둘릴 것이 아니라, 내면의 소리에 귀 기울이고 진짜 욕망을 찾아야 한다고 말이다. 그래서 지금의 내 삶이 좀 더 행복해지기 위해서 구체적으로 필요한 것들을 차분히 생각해 보았다. 돈, 집, 차, 연인, 명성, 사회적 지위……. 근데 이것조차 세상이 다 주입한 결과라면? 그럼 세상의 기준 밖엔 뭐가 있죠? '어느 미친 과학자가 통 속에 넣어버린 게 우리 뇌라면 어쩔 거냐?'라고 묻던 인터넷 유머가 정녕 현실인 건가.

나는, 타자의 욕망을 따라 원하는 게 아니라 나만의 욕망을 잘 알고 있다는 확신이 너무 강력해서 그런 생각도 해보았다. '세상의 욕망은 다 허상일 뿐이며 돈은 숫자일 뿐이다' '삶이란 빈손으로 왔다가 빈손으로 가는 여정일 뿐이다'라며 통달한 듯 말하는 사람들도 실은 모두 '여우와 신 포도*'의 여우와 같은 존재가 아닐까 하고 말이야.

• 여우와 신 포도: 여우가 길을 가다가 높은 가지에 매달린 포도를 보았는데 너무 높이 달려 있어서 발에 닿지 않았다. 결국 포도를 따 먹지 못하고 돌아가면서 저 포도는 너무 시어서 맛이 없을 거라고 생각해버린 이야기를 일컫는 이솝우화.

그러다 뜻밖의 깨달음이 온 건 연예인들의 집을 공개하는 리얼리티 프로그램을 즐겁게 보던 중이었다. 근육질 남편과 귀여운 딸, 그리고 고가의 펜트하우스…… 모든 걸 다 가진 듯한 톱 모델이 나왔다. 부와 인기를 모두 누리며 하루하루 행복하게 살아가는 듯 보이던 그녀. "언니의 삶이 너무 부러워요"라고 말하는 동생에게 환하게 웃으며 "세상에 자기 삶에 백 퍼센트 만족하는 사람은 없어요"라고 말하는 순간, '엇. 저건 사실일 거야. 내가 나 아닌 누군가의 삶을 안다는 것 자체가 불가능하니까. 방송을 통해 보이는 면은 한정적일 것이고 그걸 내 마음대로 해석하는 것까지 고려하면 말이지. 각자의 삶의 만족도를 줄 세우는 것 자체가 불가능한 일일지도 몰라' 하는 깨달음이 순식간에 와버렸다.

　모든 걸 다 가진 듯 보이는 톱 모델처럼 사는 건 불가능한 일이다. 가질 수 없는 걸 바라는 건 정말 쉽게 나 자신을 불행하게 만들지. 인정하기 싫지만, 철학자의 말이 맞는 것 같다. 그저 하루하루를 살았을 뿐인데 어느 날 문득 고개를 들어 주위를 둘러보니 누구는 시험에 합격하고, 돈을 벌고, 집을 사거나, 결혼에 성공한다. 또 누구는 책을 내고 상을 받고 성취를 이룬다. 이렇게 다들 잘 사는데 나는 이룬 것 하나 없이 살아도 되나 싶은 자괴감이 슬그머니 든다. 모든 욕망도 불행도 결국 남과 나를 비교하는 것에서부터 시작된다고, 많은 심리학자와 에세이스트들이 이미 경고했음에도 말이다. 근데 나는 그게 잘 안 돼. 그러고 보면 '난 내 삶에 만족해, 지금 행복해'라고 내게 말했던 이들 대부분은 정말로 행복해 보였다. 나같이 심사가 꼬인 이가 속으로 '여우와 신 포도'를 떠올리거나 말거나 말이다. 비결이 뭘까. 혹시 다 가져봐서 끝에 도달할 수 있었던 건 아닐까. 이렇게 남과 나를 비교하고 삶을 저울질하며 의심을 거두지 못하는 것이야말로 불행해지는 길이라는 것을 알면서, 또!

말하기 조금 부끄럽지만 나는 혼자만의 망상으로 많은 시간을 보낸다. 망상 속에서 나는 존재하는 누군가가 되어보기도 하고, 아예 없던 새로운 존재가 되어보기도 한다. 국적과 시대는 무의미하며, 상상 속에서 나는 무엇이든 되고 어떤 것이든 할 수 있다. 처음엔 '키 177센티미터의 육상특기생이 되고 싶다'는 식의 소박한 상상에서 시작한다. 그러면서 점차 '3개 국어를 구사하고 싶다' '1만 권의 책을 모두 외우고 싶다' '라스베이거스에서 잭팟을 터트린 돈으로 전 세계의 동물을 구하고 싶다'는 식으로 망상의 나래를 펼쳐나간다. 점점 망상의 가지가 뻗다 보면 정말 말도 안 되는 욕망으로 귀결돼 결국 나는 괴물이 되어 있다. 그러면 섬뜩함에 서둘러 현실로 복귀하곤 한다.

　　회사에 가기 싫은 아빠는 아기가 되고 싶고, 집안일이 힘든 엄마는 흰둥이가 되고 싶다. 목줄에 묶인 흰둥이는 자유로운 짱구가 되고 싶고, 아이인 짱구는 맥주를 마시고 싶어 얼른 어른이 되고 싶다. 이처럼 나도 타인의 삶 전체를 무시하고 내게 없는 것만을 좇았다. 그러다 짱구의 가족들이 하루도 못 견디고 다시 원래의 나로 돌아가고 싶어진 것처럼 망상의 끝에는 늘 서둘러 현실이었다.

그래, 남이 되려 하지 않고 나로 사는 것, 어렵지만 할 수 없는 일은 아니야. 하품만 해도 귀엽고 밥만 잘 먹어도 칭찬받는 강아지의 삶은, 대문 밖에서 주인이 끈을 놓치는 순간 차에 치여 죽거나 어디론가 잡혀가 고기 취급당하기도 하는 끔찍한 삶이기도 하다는 걸 기억해야지.

주어진 대로 내 삶을 살 수밖에 없다는 건,
시시하고 어쩔 수 없는 일이지만
참 다행인 일이란 걸 잊지 말아야지.

이유 없이 힘들 때
**외치는 주문**

할아버지는 내가 너무 어렸을 때 돌아가셨다. 그 바람에 할아버지에 대한 기억은 할머니와 함께 할아버지의 산소에 갔던 것뿐이다. 할아버지는, 나를 무척 귀여워해 주었던 사진 속 장면과 할아버지 장례식 날 죽음에 대해 알지도 못하면서 가족들을 따라 서럽게 울어댔던 순간을 제외하면 언제나 무덤으로 만났다. 할아버지는 계단식으로 산을 깎아 만든, 제법 큰 공원묘지에 묻혔다. 집에서 만든 음식을 바리바리 싸 들고, 차를 타고 꽤 긴 시간을 달려 마침내 할아버지가 묻힌 곳에 도착하면 보이던 산을 뒤덮은 나무들과 잔디의 초록, 그리고 지천으로 가득한 꽃들…… 어린 나에게는 할아버지에게 가는 길이 소풍 같은 느낌이었다.

할아버지의 무덤에 도착하면 우선 돗자리를 편 뒤 다 같이 절을 했다. 물론 싸 온 음식을 무덤 앞에 늘어놓는 것이 먼저였다. 그다음엔 음식을 맛있게 나누어 먹고, 무덤 주변의 풀이나 꽃을 뽑으면서 놀았다. 토끼풀을 땋아서 꽃반지를 만들고, 돌멩이를 주워서 공기놀이를 했다. 그 중간에 아주 짧은 의식이 하나 더 있었다. 그 의식은 할머니 혼자 하는 유일한 순서였다. 할머니는 절을 한 음식을 돗자리에 옮긴 뒤 숟가락을 들고 앉아 대기하는 가족들에게 잠시 기다리라고 하고, 음식을 조금씩 떼어 무덤 주변에 던지고 합장 기도를 했다. "고수레*~ 고수레" 알 수 없는 주문을 외치면서…… 나는 가만히 그 의식이 끝나기

---

* 고수레: 음식을 먹기 전에 먼저 조금 떼어 허공에 던지는 민간 신앙적 행위.

를 기다렸다가 돗자리에 앉아 도시락을 먹는 동안에 개미들이 밥풀들과 과일 조각을 들고 열심히 이동하는 걸 지켜봤다. 밤톨 같은 건 새 아니면 다람쥐가 주워가려나 하고 상상하면서.

"할머니, 고수레가 뭐야?" "신령님한테 우리 가족 잘 돌봐달라고 기도하는 거지." 나는 개미들이 이동시키는 밥풀들을 보고 '하지만 그렇게 떼어 던진 음식을 누가 가져가는지 내가 다 봤는걸.' 하고 생각했다. "고수레는 신령님이 아니라 산에 사는 친구들과 음식을 나눠 먹는 거야."

지금도 가끔 고수레를 떠올린다.
사는 게 지칠 때, 혹은 이유 없이 힘든 순간에,
덮쳐오는 무기력에 삶의 의지까지 꺼져갈 때,
꾸역꾸역 밥을 먹고 억지로라도 기운 내는 것 말고는
뾰족한 해결책이 없을 때,
나는 밥상 앞에서 고수레를 떠올린다.

고작 손가락 마디 하나밖에 되지 않는 밥풀들과 사과 조각을
협심해서 영차영차 이고 가는 개미들을 떠올린다.
하찮은 조각 하나 떼어준 나의 미약한 인심이 우주만큼 커져
어떤 개미 마을 전체에 든든한 비상식량이 되는 상상을 하다 보면
묘하게 기운이 솟는다.

그것은 개미일 수도, 도시에 사는 참새나 비둘기일 수도 있지.

어쩌면 고양이일 수도 있지.

내가 떼어준 삼겹살이나 마감 세일 광어회 조각들로,

밥솥에 밥을 안치기 전에 덜어낸 쌀알 한 줌으로,

누군가가 하루를 굶지 않을 수 있다면…….

신령님이 나를 돌봐줄 거라는 막연한 기대보다 더 힘이 날 것이다.


뉴욕에서는 이런 일도 있다고 한다. 살아갈 의지를 잃은 홈리스들에게 유기견을 한 마리씩 입양하게 하는 것이다. 그러자 홈리스들이 개를 돌보기 위해 일자리를 구하고 하다못해 구걸이라도 열심히 하면서 삶의 의욕을 되찾았다고 한다. 어쩌면 그와 비슷한 심정인지도 모른다. 이유 없이 힘들어 도저히 살아갈 의욕이 생기지 않을 때, 누군가를 돌보는 마음을 통해 다시금 기운을 내는 것. 그래서 오늘도 밥상을 차리고 먹어 치우기에 앞서, 이런저런 하찮은 것들을 조금 덜어내 빈 햇반 그릇에 조금씩 옮겨 담는다. 그러고는 골목으로 들고 나가 차 바퀴 밑에 두느라 허리를 굽히면서, 나도 슬쩍 "고수레" 하고 말해본다. 만약에 신령님이 정말로 존재한다면, 어쩌면 나보다 더 힘든 도시의 삶을 살고 있을 새와 고양이들을 잘 돌봐달라는 마음으로 말이다.

취미의 연못에
낚싯대를 던지자

《크레용 신짱》 30권 88, 90쪽에서

일은 인간의 적성에 맞지 않는다.

일을 하면 피곤해진다는 게 그 증거다.

사회적으로 명망이 있는 중년 남자 넷이 국내 여행을 다니며 아는 척을 하는 예능 프로그램에서 이 말이 흘러나왔을 때 나는 하던 일을 멈추고 텔레비전 화면을 쳐다봤다. 너무 맞는 말이야. 게다가 각자 자기 분야에서 성공한 사람들이 저런 말을 하니까 신뢰가 생겼다.

어릴 땐 놀기만 해도 걱정 없었지만, 어른은 일을 해야 한다. 물려받을 건물이 없는 대부분의 어른이라면 말이지. 그래서 그 피곤한 일을 꾸준히 해나갈 힘을 얻기 위해서 우리는 역설적으로 취미를 만든다. 가장 재미있는 놀이를 취미로 정하고 거기에 돈과 시간을 기꺼이 쓴다. 우리에게 의식주를 해결하는 것보다 좀 더 많은 돈이 필요한 이유는, 삶이란 먹고 자고 입는 것만으로는 지속할 수가 없기 때문이다. 일하거나 공부를 하는 것 말고도 사이사이 잘 쉬고 잘 놀아야 인간은 비로소 살아 있다고 느낀다. 그러니 논다는 건 아이만큼이나 어른에게도 무척 중요한 행위가 확실하다. 하지만 나는 어떤 놀이를 할 때 가장 재미있을까? 각자의 삶을 지탱하게 해주는, 취미를 찾는 과정이 쉽지만은 않다.

　일은 고되고 불평불만이 가득하던 때에는 '이게 사는 건가'를 입에 달고 살았다. 아니지, 살아 있다고 보기에는 아직 죽지 않았다고 보는 게 정확할 정도로 몸과 마음이 피폐했다. 세상이 싫고 내가 싫고 모든 게 싫고 거슬러서, 죽지 못해 사는 몰골을 하고 있었다. 그 모습을 딱하게 여기던 한 선생님이 내게 이런 말을 해주셨다. "너 취미를 만들어. 근데 그게 저절로 만들어지는 게 아니야." 지금까지 내가 갖고 있던 편견과 호불호를 되도록 무시하고 이것저것 뭐든 일단은 보고 듣고 맛보라는 거였다. 중간에 재미없어 그만두더라도, 일단은 실체를 손으로 만져보라고 했다. 그러다 보면 확실한 나만의 취향이 만들어지고, 그렇게 선택하게 된 취미는 힘든 시기가 왔을 때 나를 위로하고 내 마음을 안정시켜줄 수 있는 '확실한 한 가지'가 될 수 있다고 했다. 나는 두고 두고 이 말을 기억한다. 무언가를 계속 머릿속에서만 떠올리고 재느라 아무것도 하지 않는 사람과, 복잡한 걱정은 접어두고 일단 시작하는 사람 사이에는 극복할 수 없는 차이가 있다. 짱구와 마사오, 마스다 선생님은 취미를 빼앗겼다고 말했지만, 그건 결국 자기만의 진짜 취미를 찾았다는 의미다. 시행착오 없이 한 번에 얻어지는 것 중에 끝까지 소중하게 남아 있는 것은 별로 없기 때문이다.

한창 목공예가 유행일 때 동네 공방에 덜컥 등록한 친구가 있었다. 그 친구가 평소에 공방에 관심이 있는지 몰랐는데, 호기심에 뭐든 시도해보는 것도 나쁘지 않다는 생각이 들었다. 그 친구는 퇴근 후 공방에 들러 열심히 작은 수납 상자 같은 걸 만드는가 싶더니, 결국 한 달쯤 하고 그만뒀다. 나무를 직접 만지고 잘라보니까 생각했던 것만큼 쉽지 않더란다. 하지만 설계도면을 그리느라 오랜만에 연필을 쥐어보니까, 그 느낌이 참 좋았다고 했다. 친구는 그 뒤로 문구점에 가서 연필과 색연필을 사는 취미가 생겼다. 그 후로 작은 스케치북을 늘 가지고 다니면서 낙서를 하는데, 이제는 외국으로 여행을 갈 때도 문구점에 들러 새로운 색연필 세트를 찾아 사 온다. 그 기쁨이 얼마나 큰지는 친구의 인스타그램을 차곡차곡 채우는 색연필 낙서들만 봐도 느껴진다.

> 사람은 누구나 자기만의 취미 연못이 있다고 한다.
> 결국 나를 알아가는 건,
> 그 연못 안에 관심이 생긴 것들을 전부 다 던져두고
> 하나씩 낚는 행위라고 한다. 낚아 올린 것들은
> 책, 영화, 음악, 여행, 세계 맥주나 위스키가 될 수도 있고,
> 좋아하는 배우나 가수, 혹은
> 귀여운 사막여우나 색연필이 될 수도 있다.

나는 오늘도 연못 안에 낚싯대를 드리우고 입질이 오는 것들을 그때그때 잡아 올린다. 어떤 것은 취하고 어떤 것은 다시 물속으로 놓아주면서 말이다. 무엇이 좋고 싫은지 성급하게 결론 내기보다는 천천히 나자신을 알아가는 과정을 즐기고 있다.

인간들이 **싫어요**

"인간들이 싫어요."

영화 〈아수라〉는 이런 내레이션으로 시작한다. 실제로 이 영화에는 인간적으로 끌리는 인간이 한 명도 나오지 않는다. 저 대사의 주인공까지 포함이다. 영화는 러닝 타임 내내 조금도 불쌍하지 않은 인간들이 서로를 곤경에 빠트리면서 괴로워하다 처참하게 죽임을 당한다. 그런데 다 죽는 결말을 보고 나면 희한하게 속이 후련하다. 죽어도 싼 인간들이 결국 험한 꼴로 죽는다는 것. 너무 지독해서 비현실적인 이 사필귀정(事必歸正)이 나는 뭐가 그렇게 좋아서 몇 번이나 보고 또 본 걸까? 아무런 연민조차 느껴지지 않는 악인들이 무더기로 나와 못 볼 꼴로 죽어 자빠지는 판타지가 내 안의 인간 혐오를 건드렸다는 변명밖에 하지 못하겠다. 나는 때때로 사람이 너무 싫어서 그냥 죽어버렸으면 좋겠다는 마음을 가져봤기 때문이다.

하지만 현실은 영화가 아니라서 누가 죽었으면 좋겠다는 마음이 화르르 일고 나면 그런 나쁜 마음을 먹었다는 것에 대해 후회와 죄책감도 같이 드는 게 사실이다. 내 안에 인간을 싫어하는 마음이 자리하고 있다는 건 분명 사람에게 받은 스트레스와 상처가 뭉쳐진 결과일 테니까⋯⋯. 그걸 꺼내 해결해주지 않으면 계속해서 나를 괴롭힐 것이다. 그런데 가만히 생각해 보면, 누군가를 미워하거나 극단적으로 죽어버렸으면 좋겠다는 저주를 품는 것이 사실은 상대방을 위해서가 아니라 나를 위해 버려야 하는 마음이라는 생각도 든다. 지하철에서 어깨를 치고 가버리는 사람, 식당에서 휴대폰 스피커를 켜고 게임을 하는 사람, 모르는 사람에게 불시에 당하는 이런 스트레스가 매일 조금씩 쌓인다. 그뿐인가. 학교에서 험담을 옮기는 친구나 직장에서 일을 떠넘기고 공을 가로채려는 동료는 지속해서 내 마음에 상처를 낸다.

보고 싶지 않아도 볼 수밖에 없는 사람들 속에서
점점 예민해져 가는 내 마음을 대체 어떻게 돌봐야 하는 걸까.

나는 오랫동안 이 고민을 지속했고, 한 가지 방법을 생각해냈다. 그것은 나쁜 이야기를 수집하지 않는 것이다. 우선 매일 보던 TV 뉴스를 끊었다. 뉴스는 대체로 좋은 소식보다는 나쁜 소식을 들려주기 마련이다. 특히 예민한 사람이 선별 없이 뉴스를 90분씩 보는 것은 별로 좋지 않은 일이다. 인터넷 뉴스는 적당히 타이틀만 보고 거르고, 댓글은 절대 열어보지 않기로 했다. 대신 누군가가 위험에 처한 동물을 구했거나 도움이 필요한 이들에게 기부금을 쾌척했다는 등의 좋은 이야기에는 항상 하트를 눌렀다. 사람들을 만나면서 자연스럽게 듣게 되는 환멸 나는 인간들의 이야기도 마찬가지로 모으지 않기로 했다. 내게 스트레스를 주는 인간들을 집단으로 뭉뚱그려 커다란 인간 환멸이 되도록 만들지 않고, 개별로 기억한 뒤 감정의 찌꺼기들은 흘려보내는 연습이 무엇보다 필요했다.

이런 노력은 이타심이 아니라 내 마음을 지키기 위해 시작한 것이다. 그렇지만 사랑이 다른 사랑으로 잊힌다는 노랫말처럼 사람 또한 다른 사람으로 잊힌다는 것을 믿는 건 무엇보다 중요했다. '나에게 상처를 주는 것도 사람이지만 그로 인해 생긴 부정적인 마음을 뒤집어버리는 것도 사람'이라는 사실을 기억할 것. 사람에게 받은 스트레스가 마음속에 차곡차곡 쌓여 있을 때는 그 이유를 하나하나 설명할 수 있을 만큼 너무나 명확했다. 반면 놀랍게도 사람에게 받은 위로와 사랑 또한 설명이 불가할 정도로 순식간이며 일방적이었다. 마음이 짓눌릴 땐 그게 잘 안 보였지만, 이제는 안다.

인간들이 싫어요.
하지만 이렇게나 지쳐 있는 내 마음을 이해하고
위로하는 인간들이 따로 있어서 아직은 괜찮아요.

여럿이 음식을 먹을 때 드는

**쪼잔한 마음이여**

고깃집에 간 짱구와 엄마. 빈자리가 없었지만
마침 네네와 네네의 엄마가 온 것을 발견하고 합석하게 된다.
불판 하나를 공유하게 된 두 가족.

《크레용 신짱》 6권 118쪽에서

겨울이 오기 전에 잔뜩 먹어 두었다가 겨우내 잠을 자는 동물도 있고, 평생 한 가지 음식만 먹고 사는 동물도 있지만, 인간은 계절에 상관없이 매일매일 다양한 것들을 먹는다. 때문에 섭취하는 음식 자체도 중요하지만 어디서 누구와 먹었는지도 중요하다. 그에 따라 영원히 잊지 못할 최고의 기억이 되기도 하고 다시는 떠올리기 싫은 최악의 기억이 되기도 하니까……. 인간에게는 음식을 어울려 먹는 행위 자체가 하나의 문화인 셈이다. 그래서 여럿이 음식을 먹다가 문화적 충격을 받는 경우가 심심치 않게 일어난다.

내가 열두 살 정도 됐을 때다. 나는 둥그런 밥상에 둘러앉아 이웃집의 두 형제와 같이 상이 차려지길 기다렸다. 상 위에 반찬과 밥이 빙 둘러지고 가운데에 김치찌개가 냄비째 놓인 아주 평범한 가정의 밥상이었다. 그 일이 있기 전까지는 말이다. 형제 중 열 살짜리 동생은 이 순간을 기다렸다는 듯 찌개 안에 담긴 고기를 전부 다 자기 밥그릇으로 가져갔다. 전부 다. 냄비를 몇 번이고 휘휘 저으며, 하나도 남김없이. 나는 너무 놀라 두 눈을 동그랗게 뜨고 얼었던 것 같다. 열두 살도 꽤 어린 나이였기 때문에 아마 속마음을 숨기지 못했으리라……. 식사 시간은 평온하게 흘러갔다. 중학생 형도, 부엌을 오가며 부지런히 밥상을 챙기던 이웃집 아주머니도, 그 일에 대해 언급하는 사람은 없었다. 그 애는 수북이 쌓인 고기를 게걸스럽게 먹었다. 쩝쩝대는 소리를 내며 밥알도 마구 튀기고 트림도 했던 것 같다. 흡사 영화 〈늑대소년〉의 한 장면 같았다. 물론, 이건 내 과장이 조금 섞인 표현이긴 하지만. 아무튼 나에게는, 12년 평생 배운 밥상 예절을 모두 뒤엎은 그날의 충격이 아직도 강렬하게 남아 있다.

세월이 지나고 나니, 어렸을 때 들었던 그 감정이 식탐을 둘러싼 조금은 쪼잔한 마음의 문제였다는 생각이 들었다. 그때 그 혼란의 김치찌개를 경험하게 한 남동생이 아니라, 바로 열두 살의 내가 느낀 감정의 정체를 말이다. 밥상 예절이니 뭐니 하며 떠들어댔지만, 솔직히 나도 그 찌개 속 고기가 먹고 싶었던 것 아닐까!

　　여럿이 음식을 먹는 행위가 하나의 문화가 된 이상 그 자리에서 지켜야 할 예의에는 '관용'도 있다. 속도를 지키고 지저분하게 먹지 않는 건 기본이겠지만 누가 더 먹고 덜 먹었는지는 칼같이 나눌 수 없으니까⋯⋯. 물론 전부 다 먹어버리는 것도 예의에 어긋나겠지. 고깃집 불판을 공유한 순간 같이 먹는 자리가 되는 건데, 즐거운 마음으로 함께 나눠 먹는 게 나는 왜 어려운지 모르겠다. 네네와 짱구와 짱구 엄마와의 식사 자리에서 누가 무엇을 먹는지 신경 쓰느라 혼자만 아무것도 먹지 못한 네네 엄마의 행동이 지나치다고 생각하면서도, 마음으로는 이해가 되는 부분이 있다.

　　식탐을 둘러싼 쪼잔한 마음은 어른이 되는 것과는 상관이 없나 보다. 적어도 나에게는.

모두가 멋있지는

**않아도 돼**

흥!! 어차피 날 아무도 막을 수 없다!! 전 세계인의 머리카락을 모조리 먹어치워 줄 테다!!

죄다 꼴사나운 민둥산으로 만들어 버려야지!!

대머리도 멋있는 사람 많은데?

율 브린너.

윽.

잭 니콜슨. 숀 코네리.

하... 하지 마~!

왜 저러지?

저놈의 이름은 요괴 가발!! 대머리로 고민하는 사람들의 불안이 모여 태어난 놈이거든!

니콜라스 케이지!

그러나 대머리라도 당당히 사는 사람에겐 가발이 필요 없지.

아하! 그래서 떠는 거군요!

부르스 윌리스!

중요한 건 '대머리가 아니라, 얼마나 자신에게 당당하냐'야.

사라졌다!!

《크레용 신짱》 25권 80쪽에서

남과 북의 대표가 손을 잡고 군사분계선을 넘는 감동적인 장면이 온종일 방송되던 날. 묵은지와 수육, 그리고 삭힌 홍어가 전혀 다른 개성을 지녔지만 절묘하게 어우러지듯, 세상일은 예상치 못한 타이밍에 역사를 써 내려가는구나! 나는 오랜만에 찾아온 평화 무드를 한껏 즐기려고 온종일 TV 리모컨을 돌리고 있었다. 그러다 평소엔 전혀 보지 않는 종편 채널에 눈길이 머물게 되었다. 북한의 젊은 여성들은 김정은 위원장처럼 풍채가 좋은(?) 남자를 이상형으로 꼽는다나 뭐라나. 어떻게 저런 게 뉴스거리가 될 수 있을까? 하지만 오늘만큼은 평화 무드를 즐기기로 했기 때문에 일단은 참자. 그리고 이어진 패널의 말에 웃음이 터지고야 말았다.

> "근데 북한 여성들은 뚱뚱한 남성은 괜찮아도,
> 대머리는 안 좋아한다고 하더라고요."

내 웃음에는 대머리를 비하하려는 의도가 없다는 걸 미리 밝히고 싶다. 오히려 대머리를 잘 소화하는 사람이야말로 섹시하다는 생각을 하고 있으니까. 평범한 머리를 한 사람보다 세 배 이상 말이다. 다만 인간이 달에 가고 로봇이 운전하는 세상이 도래해도 비만과 탈모만큼은 어쩌지 못한다는 자조적인 웃음이랄까.

외모가 어떻든 간에, 중요한 건 외모가 아니라 스스로 당당한 태도로 사는 것이다. 솔직히 맞는 말이지만, 맞는 말이라고 해서 받아들일 수 있는 건 아니라는 게 문제지. 동화 바깥의 사람들은 어쩌지 싶은 거다. 겉모습보다 중요한 건 내면이라는 사실을 부정할 사람은 없겠지만 말이다.

> 아직 이 세상은 '중요한 건 마음이지만
> 외모가 아름다우면 더 좋아요' 상태에 머물러 있기 때문에
> 대머리 미남의 존재가
> 모든 대머리의 행복추구권을 보장해주진 못한다.

너무나 씁쓸한 현실이 아닐 수 없다. 물론 나처럼 외모지상주의를 끝끝내 버리지 못한 채 루키즘*의 악영향에 대해 고민하는 척하면서 일말의 죄책감을 느끼는 것으로 자신을 정당화하는 사람이야말로 '현실판 요괴 악당'일지 모른다. 반성을 제대로 해야 한다고 생각하지만, 그에 앞서 공작새나 원앙을 한 번쯤 살펴보면 어떨까. 새들도 깃털이 화려하고 예쁠수록 상대에게 선택받을 확률이 높다는 사실. 심지어 깃털 색이 흰색과 검은색뿐인 제비는 꼬리의 양 끝 좌우대칭이 길고 균형 있게 뻗을수록 인기가 좋다고 한다. 조류뿐 아니라 고릴라 같은 포유류부터 파리처럼 작은 곤충까지 외모가 생애를 좌우할 정도로 중요한 요소가

* 루키즘: 외모가 개인 간의 우열과 성패를 가름한다고 믿어 외모에 지나치게 집착하는 외모지상주의를 일컫는 용어.

되는 생물이 한둘이 아니다. 그런데 하물며 지구 상에 존재하는 생명체 중 가장 타락하고 속물적인 인간이 어떻게 잘 쓰인 문장 하나로 본성을 눌러 없앨 수 있을까. 오히려 인간은 높은 지능으로 사유하는 동물인 덕에 '대머리로 고민하는 사람들의 불안이 모여 괴물이 태어났다'는 설정에서 진짜 교훈을 얻을 수 있다는 점이 훨씬 중요하다. 외모에서 중요한 건 '머리털'이 아니라 '얼굴'이라는 뼈 때리는 '사실'을……. 그 너머에 우리는 각자 생긴 대로 살아가도 아무 지장이 없으며, 없어야 한다는 '진실' 말이다.

> 외모가 중요하지 않은 건 아니지만,
> 적어도 불안의 괴물이 자랄 만큼
> 내 삶의 우선순위로 만들지는 말자는 다짐.

그러기 위해선 일부러라도 '외모를 의식하지 않는 일'이 중요하다. '외모가 중요하지 않다'는 말은 더는 사실이 아니고, '외모가 무엇보다 중요하다'는 말 또한 옳지 않다면, 모두가 나서서 서로의 외모를 언급하지 않아도 되는 세상부터 만들어야 하니까.

> "대머리도 멋있는 사람 많아.
> 하지만 중요한 건, 모두가 멋있지는 않아도 돼."

나는 털 앞에서

너무 많은 시간을 보냈다

《크레용 신짱》 4권 10쪽에서

요즘 나는 털에 대해 생각한다. 몸에 나는 털 말이다. 단지 털을 밀기 싫을 만큼 게을러져서가 아니라, 게으름에 더해 몇 달 전 읽은 책이 나를 각성했다고 보면 된다. 시작은 겨드랑이 털을 기르고 시원하게 민소매를 입은 여성들의 사진을 인터넷에서 본 것이었다. 그 발랄한 모습은 자동으로 나의 어린 시절 엄마의 사진을 떠올리게 했다. 생각해 보니 우리 엄마들은 겨드랑이 털을 밀지 않았다. 그렇다면 왜 여성 인류는 이런 귀찮은 과정을 추가하게 된 걸까?

검색해 보니 여성들이 겨드랑이 제모를 시작한 건, 대기업의 마케팅에서 비롯되었다고 한다. 남자에게만 팔던 면도기를 여자에게도 팔기 위해서……. 민소매 드레스를 입은 여성의 이미지와 함께 '여자의 겨드랑이는 얼굴처럼 부드러워야 한다'라는 카피를 넣었다. 털 없는 겨드랑이를 미의 기준으로 부각하며 여성의 '겨털'은 수치스럽다는 인식을 퍼트린 것이다. 이 회사는 '질레트'다. 이후 다른 면도기 회사들도 여기에 동참했고 여성 면도기 시장은 급성장했다. 오늘날 겨드랑이 제모는 일종의 에티켓이 되어버렸다. 아무도 왜 밀어야 하는지에 대한 자각 없이 팔을 들어 털을 민다. 오십 년대 한 기업의 마케팅이 백 년 가까이 흐른 뒤 일종의 문화가 되어버린 셈이다.

솔직히 겨드랑이 털을 미는 행위는 '별일' 아니다.
샤워 중 거품을 내는 과정에서 양쪽 팔을 번갈아들어
면도기로 밀면 그만이다.

그런데 어쩌다 제모 타이밍(?)을 놓치는 순간
이 사소한 털들은 '대단한 별일'의 주체가 되어버린다.
수영장 탈의실에서, 또는 갑자기 섹스하고 싶은 무드가 되었을 때,
겨드랑이에 솟은 털만큼 거대한 문제는 세상에 없다.

사소한 주제에 대단히 거슬리는 이 털의 존재를 인식하고도 나는 한동안 제모를 멈추지 못했다. 제모를 하지 않고 외출하는 일은 내게 브라를 하지 않고 외출하는 것보다 높은 단계의 결심이 필요한 일이라는 걸 인정하지 않을 수 없었다. 그러다 《여자다운 게 어딨어》라는 책을 읽게 되었다. 제모 거부, 삭발, 가족 모임에서 (남자 형제들처럼) 부엌일 하지 않기 등을 실천한 지은이의 경험담이 드디어 나를 결심하고 행동하게 만든 것이다. 영국인인 저자, 에머 오툴은 날씬한 몸매를 위해 식이장애로 쓰러진 적도 있는 '안티 페미니스트'였다. 성차별을 받은 적이 없다고 말하던 사람이 어쩌다(!) 격렬한 페미니스트가 되었는지는 굳이 설명을 듣지 않아도 짐작할 수 있다. 나처럼 한국에서 나고 자란 사람이라면 느낌으로 알게 되는 것이다. 가령 메갈리아 사이트의 URL도 모르지만 "너 메갈이냐?"라는 소리를 듣는다든지 하는 경험의 축적으로 말이다. 요즘 한국 여자는 따로 페미니스트 선언을 하지 않아도 자기 생각을 주장하는 순간 '페미'가 되어버린다. 자동으로 공격의 대상이 되기 때문에, 자연스럽게 페미니즘의 필요성을 인식하게 되는 것이다.

《여자다운 게 어딨어》의 저자 에머 오툴은 꾸미기를 좋아하더라도 '여자다움'에 대한 걱정 때문에 민낯으로 출근하지 못한다면 그건 분명 문제라고 말한다. 나 또한 여성의 겨털이 남성의 수염 기르기처럼 스타일의 선택이 아니라는 것을 자각했다. 면도하지 않은 남성이 "왜 이리 수척해, 깔끔하게 면도 좀 하지~" 정도의 참견을 받는 것처럼 겨드랑이 털을 기른 여성과 "꽤 풍성하네, 수영할 때 저항력으로 방해되지 않아?" 정도의 대화를 나눌 수 없는 현실이 문제라는 것을 자각한 것이다. 나는 그렇게 수개월째 겨드랑이 털을 길렀다. 사우나 탈의실을 드나들고 반소매 운동복을 입으면서도 초연하기 위해 애쓰며 정성을 다해 나의 겨드랑이 털을 방치했다.

> 난, 아무도 신경 쓰지 않는 내 몸의 털들을 해방하는 것이야말로
> 지나치게 검열하며 살아온 내 인생에 대한 해방이라 믿었다!

이 작은 해방 운동은 생각지 못한 일로 인해 실패했다. 다니던 체육관에서 손을 머리 위로 번쩍 드는 동작을 반복하면서 소매가 자꾸 끼어 올라가 겨드랑이 털이 밖으로 비집고 나오기 시작했다. 누군가가 내 겨드랑이에 시선이 고정됐다는 걸 의식한 순간 나는 열정적인 만세 동작을 할 수 없게 어깨가 굳어버렸고 그날의 운동을 망치고 말았다. 대체 이게 무슨 일이람.

그날 저녁, 나는 샤워를 하며 겨드랑이 털을 시원하게 밀어버렸

다. 옷이 얇아지는 여름엔 결국 이 털들도 밀리고 말 것이라는 패배감이 미리 찾아온 것이다. 그래도 팔을 번쩍 들어 겨드랑이 털을 밀면서 생각했다. 비록 내가 에머 오툴처럼 겨드랑이 털을 풍성하게 기르고 민소매를 입은 뒤 사람들 앞에서 손을 번쩍 들어 올리는 일은 평생 일어나지 않겠지만, 언젠가 이 소심한 털의 해방을 꼭 한 번 시도하겠다고.

# Part 5.

## 우리 사이는
## 초코비 과자
## 몇 개면 될까

할아버지는 왜

**쭈글쭈글해?**

《크레용 신짱》 4권 31쪽에서

엄마는 한 달에 보름, 하루에 세 시간씩 어린이집에서 일한다. 아이들의 밥을 차려주고 치우는 일 말이다. 서너 살쯤 되는 어린아이들이라서 엄마 말로는 강아지보다도 조금 먹어 꼭 소꿉놀이하는 것 같다고 했다. "함미~ 함미~" 하며 자신을 향해 손을 뻗고 아장아장 다가오는 아이들을 보고 있으면 꼭 강아지 같다고 했다. 나는 "엄마는 손주가 없으니까 거기서 귀여운 아이들을 실컷 보면 되겠네"라고 말하며 참 잘됐다고 덧붙였다.

엄마 친구들은 모두 손주가 있지만, 우리 엄마만 유일하게 손주가 없다. 그래서인지 난 엄마가 할머니라는 생각을 전혀 하지 않다가 이런 이야기를 나눌 때면 조금 이상한 기분이 든다. 아이가 없으면 어머니가 될 수 없지만, 노인이 되면 손주 없이도 할머니가 된다. 나는 그게 영 와 닿지 않았다. 엄마는 아직 등이 굽지도, 지팡이를 짚지도, 또 이마에 주름이 있지도 않아서일까. 집에 있을 때도 언제나 세련되게 차려입고 예쁘게 화장을 하던 엄마의 모습에서 나는 도저히 할머니가 연상되지 않았다.

그러다 생각보다 빨리 엄마가 할머니가 되었다는 사실을 인정하는 날이 왔다. 엄마와 처음으로 단둘이 일본 여행을 갔을 때였다. 아침부터 신나게 놀고먹다 맞이한 호텔에서의 첫날 밤이었다. 옥상에 있는 노천온천에 가기 위해 엄마는 화장을 다 지우고 머리도 풀러 빗었다. 그렇게 있는 그대로의 모습으로 유카타를 두르고 나타난 엄마를 보고서 나는 그만 얼어버렸다. 내 앞에 서 있는 건 자그마한 체구에 머리가 하얗게 센 할머니였다. 엄마가 대체 언제 이렇게 늙어버린 거지? 거울 앞에 서서 하나씩 튀어나오는 새치를 뒤지며 짜증을 내느라 엄마 생각을 거의 하지 않는 동안, 엄마의 머리는 검은 머리가 보이지 않을 정도로 하얗게 뒤덮이고 있었다.

"나, 엄마와 참 오래 떨어져 살았나 봐. 이렇게 같이 목욕을 하는 것도 얼마 만인지 모르겠네. 엄마도 좋지?" 나는 뜨끈뜨끈한 탕 속에 가만히 무릎을 세우고 앉아, 엄마의 종아리를 자꾸만 주물렀다. 기분 좋은 노곤함이 등허리를 타고 귓불까지 올라왔다. 자꾸만 좋알대고 싶어졌지만, 쨍구가 할아버지에게 하듯이 엄마에게 '왜 이렇게 쭈글쭈글해졌냐'는 말은 장난이라도 던질 수가 없었다. 그러기엔 엄마가 나를 낳았던 스물여섯보다 지금의 내 나이가 더 많아졌다. 어렸을 때는 한번도 해보지 않은 생각이다. 언젠가 엄마의 나이를 넘어 나도 노인이 된다는 당연한 사실을 할머니가 된 엄마를 마주하고서야 인정하게 된 것이다. 엄마에게 장난치며 아이처럼 굴 수 있는 시간은 쏜살같이 지나가 버렸다.

이제는 엄마도 나도
결국 각자의 속도로 늙어가고 있다는 게 실감이 났다.
나이를 먹으면 누구나 그렇게 된다.
누구나 머리가 하얘지고, 피부가 쭈글쭈글해진다.

나이를 먹는다는 건 너무나 낯설지만 동시에 자연스러운 일이어서,
늙지 않으려면 죽어야 하고 죽지 않으려면 늙어야 한다.
이 엄연한 순리를 어느 날은 인정하고 또 어느 날은 부정하면서,
차근차근 늙어가는 동안 엄마와 목욕을 하러 좀 더 자주 가야겠다.
짱구처럼 등 좀 밀어달라는 말 정도는 할 수 있을 것 같다.

종이 다른

**가족**

강아지는
네가 책임지고
맡아서
돌봐야 돼.

그리고 강아지한테 이것저것
가르쳐줘야 한단다.

응.

똥은
여기 넣어서
갖고오는
거야.

응.

그럼 조심해서
갖다와!

내가 할 말을
대신 하는구나.

옳지.

똥은
갖고오는
거야.

다녀
왔습니다.

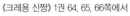

《크레용 신짱》 1권 64, 65, 66쪽에서

어린 시절, 개를 좋아했던 나는 길거리를 혼자 배회하며 전봇대 아래를 킁킁대는 개들은 모두 주인이 없는 개라고 간주하고 툭하면 집에 데려오곤 했다. 어쩌다 동네 아이들이 돌을 던지며 개를 괴롭히는 장면을 보기라도 하면 도저히 그냥 지나칠 수가 없어서 그 개를 기어이 주워오곤 했다. 엄마는 개 좀 고만 주워오라고 혼을 내다가도, 개를 안고 있는 나를 타이르며 그 개의 주인을 찾아주곤 했다. 그런 일이 자주 있고 나서 개가 너무 갖고 싶어진 나는 몇 날 며칠을 떼를 쓰고 울었고 그결과 작은 개를 갖게 되었다. 아빠가 모란시장에서 팔려 갈 뻔한 발바리를 한 마리 사 온 것이다. 나는 작고 보드랍고 따뜻한 그 개의 이름을 '졸리'라고 지었다. 그때 푹 빠져 있던 어린이 만화에서 따온 이름이었다. 그렇게 만화 주제곡 가사처럼 졸리와 나는 '너랑 나랑 우리 둘은 친구, 이 세상에 둘도 없는 친구'가 되었다.

우여곡절 끝에 시로를 기를 수 있게 된 짱구를 보면 어쩔 수 없이 나의 어린 시절이 떠오른다. 그토록 바라던 개가 생겼다는 기쁨과 또 의욕에 가득 차 있던 날들……. 졸리의 밥과 간식을 챙겨주고 목욕도 시켜주고, 잠도 같이 자고 산책도 함께했다. 졸리를 돌보는 일에 소홀하면 다른 집에 줘버린다는 엄마의 으름장에 바짝 긴장하고, 그런 일은 절대 없을 거라며 대답도 잘했더랬지. 하지만 저 자신을 돌보는 것도 잘하지 못하는 어린애가 어떻게 다른 생명체를 능숙하게 건사할 수 있겠는가. 졸리에게 줘서는 안 되는 간식을 줘서 배탈이 나게 하고, 마당에서 놀던 졸리를 이불 위까지 데려와 엄마는 뒤치다꺼리만 두 배로 늘었다. 친구들과 노느라 정신이 팔렸을 땐 밥 주기, 물 갈아주기, 산책하기, 똥 치우기 같은 약속도 까맣게 잊은 채 졸리를 하염없이 기다리게 한 적도 많았다. 그때의 기억은 점점 희미해져 가지만, 사진 속 꼬마였던 내 옆에는 항상 졸리가 함께였다.

졸리가 떠난 이후 우리 집엔 오래도록 개가 없었다. 집안 사정으로 이사도 잦았고 불안정한 형편 때문에 반려동물을 건사할 처지가 못 되었다. 그러다 언니도 나도 성인이 된 후 '까미'를 가족으로 들이게 되었는데, 이름에서 연상되듯 털이 새까만 개였다. 까만 개를 실제로 키우기 전까지는 사람들이 까만 개에 그렇게 편견이 있는지 몰랐다. 나는 개나 고양이뿐 아니라 거의 모든 동물을 향하여 인간애를 뛰어넘는 사랑에 빠져 있어서 동물의 외양을 마치 물건의 디자인을 고르듯 고르고 취향을 따지며 호불호를 쉽게 말하는 사람들을 이해하지 못한다. 심지어 까미는 대형견이었다. 까미가 우리 가족이 된 2002년에는 지금처럼 대형견을 쉽게 볼 수 없었다. 그리하여 '크고+검은+개'의 조합인 까미와의 동거를 시작으로 나의 고난도 시작됐다.

일단 까미는 눈에 너무 잘 띄었다. 길에서 마주치는 사람들은 낯선 개에 대한 호기심을 참을 생각이 없어보였다. 까미를 향해 '흑염소'냐고 물었던 질문은 아직도 잊히지 않는다. 그런 큰 개를 집에서 어떻게 키우냐며 우리 집 부동산 사정을 걱정해주는 사람부터 심지어는 끓이면 몇 인분이라는 무례한 말까지 그때 당시 들었던 말을 여기다 다 나열할 수도 없다. 그뿐이 아니다. 억울한 욕도 고스란히 먹어야 했다. 개와 함께 살아본 사람은 내가 무슨 말을 하는지 바로 알아들을 것이다. 목줄을 하지 않고 개를 데리고 다니는 사람은 따로 있고, 행인들에게 욕먹으면서 그 개들이 싸놓은 똥을 치우는 사람은 따로 있다. 나는 그렇게 길거리에서 만나는 거의 모든 사람이 한마디씩 하는 참견을 들으면서 길거리에 널린 똥까지 치워야 했다.

사랑하는 반려견과의 산책은 즐거운 것이어야 하는데 오늘은 또 어떤 시비에 휘말릴 것인가 하는 생각으로 긴장을 놓지 못했다. 나의 인내심은 금세 동이 났고, 목줄을 하지 않아서 자기 개가 똥을 싸는 줄도 모르고 그냥 가버리는 사람들을 보는 족족 달려가서 소리쳤다. "저기요! 개가 똥 쌌잖아요! 그리고 목줄 좀 하세요!" 얼마 안 가 나는 동네에서 유명인사가 되었다. '크고 검은 개를 데리고 다니는 사나운 여자'로………

짱구 엄마  강아지는 네가 책임지고 맡아서 돌봐야 해.
그리고 강아지한테 이것저것 가르쳐줘야 한단다.
그럼 산책이라도 하고 오렴.
똥은 여기 봉투에 넣어서 갖고 오는 거야.

개를 기른다는 건 '종이 다른 가족'을 식구로 들인다는 의미이고,

개는 전적으로 삶을 인간에게 의탁하기 때문에
개가 저지르는 잘못은 모두 개 주인의 잘못이다.

그런데 책임감 없이 개를 데리고 다니는 어른들 때문에 내가 울화통이 터지는 동안 짱구는 시로와의 산책길에서 강아지 똥을 치우지 않고 그냥 가버리는 어른을 가만히 쳐다본다. 그러고는 무거운 똥 봉투를 들고 집으로 돌아온다. 짱구는 늘 그랬듯 이러쿵저러쿵 말이 없고, 갑자기 내 얼굴이 훅 달아오르는 기분이 든다. 그건 내가 강아지 똥을 치우지 않는 어른이라서가 아니라, 길 가다 강아지 똥을 치우지 않는 사람을 보면 기어이 드잡이하고 마는 어른이라서 그렇다. 짱구처럼 묵묵하게 가만히, 내가 해야 한다고 생각한 일, 해야겠다고 마음먹은 일을 그저 할 뿐인 사람도 있는데, 나는 혹시 그 일 자체보다 그 일을 방해하는 것들에 더 감정을 쏟는 건 아닐까 마음이 뜨끔하다.

엄마, 아빠, 동생
다 없어져 버렸으면 좋겠어

쁘띠 악마의 유혹에 최면 딱지를 받은 짱구.
시로에게 물구나무 딱지를, 히메에게 뱀 딱지를, 아빠에게 밝히는 유부녀 딱지를,
엄마에게 주정뱅이 딱지를 붙여버린다.
엉망진창이 된 가족들을 보고 무언가 큰일을 벌이고 말았다는 걸 깨달은 짱구.
쁘띠 악마를 다시 찾아가 가족을 원래대로 되돌려 달라고 요청한다.

《크레용 신짱》 32권 115, 116, 119, 120쪽에서

자취생활에 익숙해지면서 가족들을 보러 본가에 가는 것이 슬슬 귀찮아진 적이 있다. 주말엔 소화해야 할 약속이나 경조사도 많았고, 그런 일이 없을 땐 내 방에서 혼자만의 시간을 즐기고 싶어졌다. "우리 딸 이번 달에는 언제 올 거야?" 하는 엄마의 전화가 약간 부담스럽다는 생각이 들면서, 가족을 만나러 가는 주기가 두 달에서 석 달로 점점 늘어났다. 안부 전화까지 뜸해지는 건 그리 오래 걸리지 않았다.

하지만 몇 년 전 늦은 밤, 음주 운전 차량에 치인 엄마의 전화를 받은 뒤 정신이 번쩍 들었다. 엄마는 보호자가 필요해서 새벽 두 시에 내게 전화를 한 것이다. 경찰서에 앉아 있는데 몸은 너무 아프고 어찌해야 할지 몰라 당황한 채로 말이다. 그 순간에 한동네에 살긴 하지만 남편과 일찍 잠자리에 드는 큰딸보다 서울에서 올빼미 생활을 하는 작은딸이 더 먼저 생각난 것이다. 엄마의 목소리는 조금 긴장된 듯 떨렸지만 크게 다친 것 같지는 않았다. 그런데도 나는 심장이 터질 것 같았다. "어디 다쳤어?!" "아냐, 피는 안 나는데 뒤로 넘어지느라 머리가 바닥에 쿵 부딪혀서……." "그 새끼는 잡았어?!" "어, 근데 술이 너무 취했다고 집에 돌려보냈어." "경찰이 돌려보냈다고?!" "어, 나도 뭐가 뭔지 모르겠는데 허리도 쑤시고……. 병원에 가고 싶은데, 조서를 쓰고 택시 타고 가라는데 여기가 너무 외져서……." "담당 경찰 바꿔. 아니야. 끊어, 내가 걸 거야. 엄마는 거기 가만있어."

순간적으로 차를 타고 미친 듯이 가야 하나 고민했지만 차분하게 전화로 상황을 파악하는 게 더 빠를 거란 판단을 했다. 경찰과 이야기를 나눠보니 가해자는 음주 상태인 데다 뺑소니였다. 신고가 접수된 지구대에서는 가해자를 잡았지만, 신원이 확실해서 돌려보냈으며 관할 경찰서 교통과로 인계했다는 대답이 돌아왔다. 나는 다시 관할 경찰서에 전화해서 민원을 넣었다. "피해자에게 제대로 설명도 해주지 않고 가해자를 돌려보내 피해자를 불안에 떨게 한 것이 적절했다고 보시는지요? 또한 사고를 당한 지 얼마 안 된 노인에게 새벽 두 시에 알아서 병원에 가라고 한 대처가 적절했다고 보시는지요?" 확인해 보겠다는 담당자와의 통화가 끝나기가 무섭게 다시 지구대에서 전화가 왔다. 조금 전에 통화한 무뚝뚝한 경찰이 맞나 싶게 친절한 목소리였다. 경찰은 가해자의 신원과 사고 정황에 대해 찬찬히 설명해주었다. "방금 어머님은 순찰차를 타고 안전하게 병원으로 이동했습니다. 내일 날이 밝는 대로 가해자를 불러 조사를 할 예정입니다."

휴. 그제야 한숨을 돌리고 시계를 보니 새벽 세 시가 넘어가고 있었다. 그사이 언니에게서 엄마가 도착한 병원으로 향하고 있다는 연락이 왔다. 나는 어찌할까 잠시 생각하다, 아침 일찍 병원으로 가기로 했다. 쉽게 잠이 오지 않았다. "사고를 당해서 몸도 마음도 불안정한 상태인 노인을 보호자도 없이 혼자 병원에 가라고 했다고요?" 누워서도 내가 경찰에게 했던 말이 계속 맴돌았다. 그건 경찰이 아니라 나한테 하는 말이었다. 노인도 어린이처럼 사회적 약자잖아. 저렇게 혼자 살게 돼도 괜찮은 걸까. 위급한 상황에 가족이 곁에 없다는 것에 대해 생각했다. 가족 모두가 한 마을에 모여 살 수는 없는 시대지만(실제로 그렇게 되면 또 다른 끔찍함이 있을 테고) 이 험한 세상, 사람은 누구나 보호자가 필요하지 않을까 하는 생각이 들었다. 그래도 난 한 시간이면 도착할 거리에 살고 있지만, 더 멀리 사는 사람들의 마음은 어떨까. 서울에 사는 가족의 곁을 떠나 제주도와 미국과 네덜란드에 사는 지인들이 떠올랐다. 역시 가족은 함께 살아야 하나 봐. 가까이 살 수 있는데 그렇지 않은 나는 너무 이기적인 사람은 아니었던가? '어버이 살아계실 때 섬기기를 다하여라. 지나간 후면 애달프다. 어이하리.' 주입식 교육으로 달달 외우기만 했던 시조의 참뜻을 비로소 깨닫는구나. 이 불효막심을 어찌할꼬. 당장이라도 서울의 방을 빼고 엄마 곁으로 갈 기세였다. 내안의 '유교걸'이 삼십 년 만에 부활하는 듯했다.

엄마가 퇴원하고 통원치료를 한참 받을 때까지도 마음 한구석이 편치 않아 부지런히 서울과 경기를 오갔다. 하지만 자취방을 빼는 일은 일어나지 않았다. 유교걸이 될 뻔한 위기를 막아준 건 나처럼 서울에서 혼자 사는 친구들 덕분이었다. 친구들은 조선 시대로 갈 뻔한 나를 정신이 번쩍 들게 현실로 되돌려 놓았다.

제법 길었던 연휴를 마치고 모인 자리에서였다. 친구들 두 명 다 각각 가족과 뉴욕으로, 동남아로 여행을 갔다가 학을 떼고(?) 돌아왔다고 이야기하느라 불판에 고기를 다 태우고 있었다. 동남아에 다녀온 사정은 이러했다. 여행 주최자로 잘해 보겠다는 의욕 과잉 상태에서 출발했지만, 가짜 악어가죽 지갑을 사겠다고 10미터마다 멈춰서는 아빠를 말리느라 진땀을 뺐다고 한다. 거기다 네 아버지 또 시작이라고 잔소리하는 엄마까지 가세하여 결국 부부싸움을 하고야 말았다고 한다. 식당에서, 길거리에서, 차 안에서 부모님의 싸움은 수시로 일어났다고……. '분명히 익숙한 풍경이고, 바로 이런 게 지긋지긋해서 집을 나왔는데 왜 또 까맣게 잊고 있었지?' 깨달았을 땐 마사지샵 예약도 이미 늦어버린 상태였다고 한다. 뉴욕은 이랬다. 높은 물가에 대해 미리 알려드렸는데도 가는 곳마다 이렇게 비싼 곳이 다 있냐고 투정부리는 엄마 탓에 기분 좋게 돈을 쓸 수도 없었다고 한다. 뭘 하고 싶은지, 어떤 게 좋은지 물어봐도 네가 좋으면 다 상관없다는 대답뿐이었다고. '원래 이렇게 김빠지게 하는 엄마인 걸 누구보다 잘 알면서 내가 이 여행에서 무슨 기쁨을 기대한 거지?' 깨달음은 이미 늦었고 표정 관리도 이미 늦어버렸다고 한다.

　　나처럼 독립해서 사는 사람이라면 평소에 자주 보지도 못하고 자식 노릇도 못하는데 어쩌다 여행 한번 모시고 갔다가 이틀 만에 인내심이 바닥나서 다시는 이런 여행 가지 않는다고 다짐하는 이야기를 한 번쯤은 들어봤을 것이다. 사랑하고 아끼는 마음과는 별개로, 결국 가족이라 해도 내 뜻대로 절대 되지 않는 타인이라는 걸 깨닫는 순간이 온다. 그때 비로소 알게 되는 것이다. 가족이란 적당한 거리를 두고 떨어져 지내다가 이따금 만나 애틋함을 확인하고 각자의 집으로 돌아갈 때 그 관계가 아름답게 유지된다는 것을 말이다. 하지만 멀면 그립고 가까우면 지긋지긋한 게 가족이라면, 가족 간의 적당한 거리와 만남의 주기는 어떻게 해야 좋을까?

내가 아플 때나 가족이 아플 때, 혼자 떨어져 있다면 불안하기 마련이다. 그리고 그 불안은 실체보다 훨씬 부풀려져 나를 번번이 힘들게 했다. 같이 살 땐 하루가 멀다 하고 싸우기만 했는데, 멀리 떨어지고 나니 그런 감정은 다 희미해지고 그립고 애틋한 마음만 남는 것도 신기한 일이다. 명절 연휴 동안 사나흘 이상 붙어 지내다 보면, 특별한 갈등이 생기지 않았는데도 빨리 내 방으로 돌아가서 조용히 혼자 있고 싶어지니까. 나는 이 희한한 감정에 일부러라도 물리적인 숫자로 거리를 부여해야 했다. 그럼 마음이 시시때때로 요동치는 걸 막을 수 있을지 몰라.

걱정이 커지거나 부대낌이 그리울 때 곧장 달려갔다가,
다시 피곤해지면 내 방으로 휙 하니 돌아올 수 있는 거리.
그래, 그건 차로 삼십 분이 넘지 않는 거리다.

차로 삼십 분이 넘지 않는 거리는 갑자기 움직이기에 부담이 없다. 왕복이라고 해 봤자 한 시간이 넘지 않으니 하루 안에 어디든 도착할 수 있다. 도보로 삼십 분이 넘지 않는 거리는 너무 가깝다. 따라서 결론은 차로 삼십 분 거리다.

"맞아. 바로 옆집이 아니라 삼십 분쯤 떨어진 곳에 살면 좋겠어.

그럼 정말 사이가 좋아질 텐데……."

"그러게. 나도 삼십 분 거리만큼만 떨어져 살면 정말 딱 좋겠어."

나의 '삼십 분 거리' 법칙처럼 가족과의 거리가 얼마면 적당할지 각자 정해 보는 거다. 어느 정도 떨어져야 마음이 놓이고, 안심되는지를 말이다. 누구는 걸어서 한 시간 거리일 수도 있고 누구는 당일치기로는 절대 불가한 거리일 수도 있으니…….

짱구처럼 '가족이 없어져 버렸으면 좋겠다'는 생각을 한 번쯤은 진지하게 해본 경험이 있지 않은가. 가장 가까운 사람이 힘든 이유는 그 관계가 사랑은 물론이고 미움까지 포함한 적이 있기 때문일 것이다. 달고 쓰고 맵고 짠 삶의 총체적인 맛을 같이 먹고 자란 사이. 그래서 누구든 가족을 떠올릴 때 죄책감을 동반하는 복잡한 마음이 된다. 그리고 비로소 관계의 적당한 거리를 가늠할 줄 아는 어른이 된다고 믿는다.

짱구 같은
아이

《크레용 신짱》 27권 119, 120쪽에서

선배는 소개팅으로 남자를 만났다. 사귀던 중에 혼기가 차서 결혼했고, 주변에서 어째 아이 소식이 없느냐고 물을 때쯤 딸을 낳았다. 아이는 일찍 철이 들었다. 그래도 선배는 남편과 반드시 아이가 없는 곳에서만 싸웠는데 아이는 눈치가 빨랐다. 남편과 싸우고 좀 길게 냉랭하던 어느 날, 유치원에서 돌아온 아이가 주머니에서 쭈뼛쭈뼛 꺼낸 요구르트를 아빠 손에 쥐여 주면서 "엄마한테 가서 이거 줘"라고 했을 때 마음이 아팠단다. 어쨌든 선배네 가족은 대체로 평범하게 단란했다. 어느 날은 우리 딸 대학만 가면 이혼할 거라는 말을 하기도 했고, 어느 날은 찢어버린 이혼 서류 값만 아꼈어도 비싼 파마를 하고도 남았다는 말을 하기도 했다. 그래도 독박 육아에 질려 다시는 아이를 안 낳을 거라는 결심만은 확고할 줄 알았는데, 장손 집안 대가 끊긴다며 아들 손주를 바라는 시어머니의 요구가 너무 노골적인 게 문제였다. 성별을 골라서 낳을 수도 없는데 아들 하나만 더 낳으라는 시댁의 요구에 선배는 괴로워했다. 효자인 남편은 연애 시절로 돌아간 착각이 들 정도로 극진했고, 결국 선배는 덜컥 또 임신하고 말았다. 그리고 거짓말처럼 아들이 태어났다.

거짓말처럼 태어난 아들은 집안 분위기를 거짓말처럼 바꿔놓았다.

그 아이는 선배가 아이를 이미 한 번 키워봤는데도 마치 처음 키우는 것 같다고 느낄 만큼 눈치가 빠른 첫째와는 달라도 너무 달랐다. 이 녀

석은 남들이 화를 내도 무서워하지 않고, 혼을 내도 혼이 나는 줄 몰랐다. 얼마나 희한한 애였느냐면, 며칠 지내러 온 시어머니가 오랜만에 먹고 싶은 음식들을 죽 읊는데

"할머니! 우리 엄마는 맨날 돈 없다고 하거든요.
그러니까 그냥 라면이나 먹죠!"
이런 말을 아무렇지도 않게 하는 애였다.

그뿐인가. 아파트 모델 하우스에 데려갔더니
"아빠! 난 이 집이 마음에 드는데 사자!
내 통장에 있는 세뱃돈 전부 보탤게!"

이런 흰소리를 떵떵 치는 애였다. 자기만의 세상에선 누구보다 진지하지만, 그 모습을 보는 이들의 눈엔 영락없이 엉뚱한 짱구 같은 아이였다.

짱구 같은 아이들을 보면서 적당한 감동을 의무처럼 수행해야 하는 지루한 격식들을 떠올린다. 결혼식 주례사를 듣는 순간, 회식 자리에서 사장님의 말씀이 이어지는 순간, 어디선가 짱구가 나타나 극사실주의 화법으로 저 진지한 사람들의 얼굴을 빵 터지게 만들어버리는 상상을 해본다.

짱구 아빠 즐거웠지?

짱구 아빠 그래.

선배의 아들이 유치원 졸업을 앞두고 세족식을 하던 날 일어났던 일이다. 아이들이 엄마의 발을 닦아주며 "엄마, 감사합니다! 엄마, 사랑합니다! 잘 키워주셔서 고맙습니다!" 같은 식의 말로 적당한 감동 무드가 연출되어야 했던 바로 그 순간, 그 녀석이 소리쳤다고 한다.

"우와! 엄마 발가락에 털이다! 털이 났다!"

유치원에 모인 사람들의 시선이 한순간에 집중되던 그 순간, 감동의 눈물은 쏙 들어가고 선배는 창피해서 죽을 뻔했다고 한다.

그래 선배, 즐거웠으면 됐어.

알고
보면

좋은 사람

건물 사용 규칙이 늘어나면서
기우뚱 맨션의 주인 할머니와 입주민들 사이의 갈등이 깊어진다.
그 와중에 쿵쾅대며 뛰어다니는 짱구로 인해
할머니와 미사에 사이에 말다툼이 일어난다.
다음 날 방세를 내러 간 미사에는 감기몸살로 앓아누운 할머니를 보게 된다.
그리고는 죽은 남편의 유산인 건물을 입주자들도 소중히 써주기를 바라는 마음에
까다롭게 굴었다며 미안하다는 말을 할머니에게 듣는다.
이후 할머니는 맨션 복도에 붙였던 경고문을 떼며
짱구에게 적당히 조심히 다니라고 말한다.

'알고 보면 좋은 사람'이라는 말이 싫었다. 혼자만 속으로 생각하지 말고 겉으로 티를 내란 말이야. 마음을 제대로 드러내지 않으면서 상대가 알아서 헤아려주길 바라는 건 어떤 면에서 참 이기적인 태도다. 사극을 보면 왕이 무슨 말을 해도, 혹은 하지 않아도 신하들이 넙죽 엎드리지 않는가. 그러고는 '전하의 깊은 뜻을 헤아리지 못하였으니 죽여 주시옵소서'를 외친다. 그러나 지금은 조선 시대가 아니고 나는 누군가의 상감마마가 아니란 말이다. 관계란 동등한 마음의 교류에서 유지되는 것이기에 표현하지 않은 마음이란 존재하지 않는 것과 마찬가지다.

그리고 결정적으로 중요한 사실.
'알고 보면 좋은 사람'이라는 말은
'그냥 봐도 좋은 사람'에게는 절대 붙지 않는다.
대체로 그 말은 누군가에게 불만을 사거나
상처를 준 사람들에게 붙는다.
더러는 오해를 사거나 해명이 필요한 사람에게 붙기도 하지.

영화나 드라마에서 솔직한 마음을 전하지 않고 먼발치에서 눈물을 흘리는 이들을 볼 때마다 속이 터질 것 같았다. 극적인 화해와 감동을 위해 마련된 설정이라는 걸 알면서도 말이다. 그러나 삶은 연극이 아니니까 오해를 줄일수록 누군가의 억울함도 막을 수 있지 않을까. 물론 각자의 사정이야 있겠지만, 그럴수록 솔직하게 마음을 표현하고 상대의 마음도 확인하는 것이 관계의 기본이라고 나는 믿는다. 문제는 사람들이 대체로 기본에 서툴다는 것이다. 나도 마찬가지다. 서점에 가면 널린 게 관계와 소통, 마음 다스리기에 관한 책들이고, 그중 내게 맞는 이야기는 어떤 걸까 들춰보는 일을 도저히 멈출 수 없다. 그래서 찾은 결론. 완벽하진 않지만 내가 나에게 내린 처방은 이렇다.

> 혹시 내가 지금 표현의 순서를 건너뛰고 있는 건 아닌지
> 일단 의심해 보자.

표현할 타이밍을 놓치는 바람에 서론을 기다리는 상대를 내버려 둔 채 나 혼자 결론으로 치닫고 있는 건 아닌지 점검해 보는 것이다. 특히나 사랑의 표현은 아무리 해도 지나치지 않는다고 믿는 사람, 그리고 자신의 마음을 쏟아내는 데만 집중하는 사람들이 이런 실수를 한다. 가장 중요한 상대의 사정과 마음을 헤아릴 순서를 생략해버리고 자기감정의 결론만 와르르 쏟아낸다. 마치 기우뚱 맨션의 주인아주머니처럼 말이다. 나도 그런 때가 있었다. 나는 표현을 많이 하지만 잘하지는 못하는 사람이었다. 나의 사정을 차분히 설명하지 못하고, 감정만 앞서 와르르 쏟아놓기 바빴다. 그리고 그런 나를 상대는 버거워했다. 그러다 많이 싸워도 보고 화해도 해보고, 오해로 영영 헤어지기를 반복하다 보니 이제 조금은 알 것도 같다.

내가 속임 없이 드러낸 마음이라 해도
반드시 의도한 대로 상대에게 가 닿지는 않는다는 사실을……

이제는 답답해하지 않고 인정한다. 화내지 않고 받아들인다. 내 머리에서 마음을 거쳐 입으로 나오는 말이 당신의 귀로 들어가 마음을 거쳐 머리로 입력될 때까지 원형 그대로가 보존되는 경우는 거의 없다는 것을……. 그 때문에 우리는 서로의 마음에 닿기 위해 많은 연습이 필요하다는 것을 말이다.

알고 보면 내 마음은 그런 뜻이 아니었어!

이런저런 일들을 두루 겪고 나니 알게 되었다. 최소한 표현이 서툴러서 생긴 오해를 풀기 위해서라도 '알고 보면 좋은 사람'은 존재해야 했다. 아니, 반드시 존재할 거라고 믿고 있다.

물론 자기 마음을 제대로 표현하는 데 서툰 사람들은
남보다 많은 오해와 이별을 감수해야겠지.
그래도 우선은 시작해야 한다.
남이야 어떻든 나부터
넓고 느긋한 마음을 가진 사람이 되어보는 것이다.
'알고 보면 좋은 사람'을 오해했을지 모르는 가능성을

한 번쯤 생각해 보자.

그편이 상대가 진짜 속마음을 내보이기 전에

단정 짓고 돌아서는 것보다 낫다.

그것이야말로 남을 위하는 방법이 아니라

결국 내 마음을 다치지 않게 하는 방법일지도 모른다.

처방전 애매한 상처

내가 소심한 사람임을 인정할 수밖에 없는 확실한 증거가 있다. 어딘가 찜찜하게 마무리된 대화를 한 날엔 반드시 그 대화 상대가 꿈에 나오기 때문이다. 겉으로 보기엔 그날의 대화가 자연스럽게 흘러간 듯 보여도, 상대가 예상 밖의 말을 했거나 그 말을 들은 내가 제대로 받아치지 못하고 지나가면 특히 그렇다. 상대가 그대로 꿈속에 나와 아무렇지 않게 대화를 이어가고, 나는 연신 고개를 끄덕이면서도 아까 그 부분을 언제 바로잡지 하며 전전긍긍한다. 꿈은 무의식의 발현이고 무의식이라는 게 때로 의식의 연장이라는 관점에서 보면 특이할 게 없는 일이겠지만, 참 갑갑한 노릇이다.

하루의 고민은 보통 자기 전에 떠오르기 마련이고, 매일 밤 이불을 덮고 누워 '그때 그 말이 아니라 이 말을 해야 했는데……'의 무간지옥(無間地獄)*에 빠지다가 결국 꿈속까지 끌고 들어간다. 깨고 나면 내가 이 일을 이렇게까지 신경 쓰고 있다는 사실에 다시 한 번 '현타'가 온다. 그러고는 '그때 왜 이 말을 하지 않았지?' 싶던 후회가 슬그머니 '저 사람은 왜 뜬금없이 그 순간 나에게 그런 말을 해서?'라는 이상한 원망으로 바뀌기도 한다. 별거 아닌 찜찜함도 세기의 오해로 부풀려진다. 이 정도 심각한 상황이라면 시작이야 얼마나 사소했든 간에 깔끔하게 바로잡고 발 빼고 잠을 자는 게 더 현명해 보인다. 하지만 입 밖으로 꺼낸 순간 어떤 상황이 전개될지 너무 잘 안다. 내가 그 정도 객관화는

---

* 무간지옥: 불교에서 말하는 팔열지옥의 하나로, 사바세계 아래, 몹시 괴롭다는 지옥.

되는 사람이다. 상대방은 아예 기억조차 못 하거나, 내가(무서워서 무슨 말을 못 하는) 속 좁은 인간이 되거나 둘 중 하나겠지.

언젠가 왁자지껄한 모임에서 한 사람으로부터 호의를 받은 적이 있다. 화장실 문 앞에서 마주친 그는 나에게 언제고 따로 만나 어울리고 싶다며 호감을 표했다. 나는 기뻤고, 나 또한 그러고 싶다고 답했다. 그로부터 몇 달 뒤, 우리는 그때와 똑같은 왁자지껄 모임에서 다시 만났다. 그랬기에 나는 그 무리 중에서 그 사람이 조금은 더 가까운 기분이 들었다. 1차 자리가 파할 무렵 나는 그에게 몇몇과 함께 2차를 가자고 제안했다. 그런데 그 사람이 한순간에 돌변하는 것이 아닌가. 차갑게(완전히 내 느낌일 수도 있지만) "아뇨"라고 했다. 난 당황했고, 웃으면서 알겠다고 했던 것 같다. 하지만 거기서 끝이 아니었다. 곧바로 이어진 2차 자리에 그가 왔다. 아, 거기서 멈췄어야 했는데. 한 번 더 무안해진 나는 괜히 너스레를 떨며 "뭐예요~ 제가 가잘 땐 안 오시다가~" 하면서 사람 좋은 척 호탕하게 하하하 웃어버린 것이다. 나는 그가 나보다 더 무안했을 거라 생각하고 일부러 웃어넘길 기회를 마련했다고 생각했지만, 전혀 아니었다. 그에게서는 한 치의 흔들림도 없는 무반응이 나왔다. 왁자지껄한 분위기 속에서 나만 혼자 거대한 무안함에 연거푸 술만 들이켜다 집으로 돌아갔다.

하지만 그게 끝이 아니었다. 그날 이후 나는 계속해서 그 일을 복기했다. 첫 번째와 두 번째 모임 사이에 어떤 일들이 있었는지 짚어봤고, 두 번째 모임에서 호의를 거절당하기 전까지의 상황을 떠올리며 내가 기억하지 못하는 대화를 했었는지 계속해서 더듬었다. 하지만 정말 답답할 정도로 아무것도 기억나지 않았다. 왜냐하면 정말 아무 일도 없었기 때문이다. 하지만 나의 이 찜찜한 감정은 점점 나를 잡아먹기 시작했다. 급기야 내가 제3자와 나눈 대화를 듣고 그가 기분이 상했을 가능성까지 따져보기 시작했다. 하지만 이게 다 무슨 소용이란 말인가. 첫 번째 모임에서 그가 내게 따로 호감을 표하기 전까지 그는 내게 호(好)도 불호(不好)도 아닌 존재였는데 말이다. 어느새 완전히 상처받은 사람이 되어 질척거리고 있다니 정말 기가 막힐 노릇이었다.

솔직히 말해 이 글을 과거형으로 쓰고 있는 지금도 조금 찔리는 기분이다. 내 마음엔 아직도 그에 대한 불편함이 아주 약간은 남아 있기 때문이다. 무려 6개월이나 지났는데도 말이다. 사람에게 상처 받았을 때 취하는 방법엔 여러 가지가 있다. 상처 받은 즉시 내 상처를 상대에게 알리는 것은 그 관계를 잘 이어가고 싶다는 제스처가 될 것이다. 반면 상처를 알리지 않고 일방적으로 관계를 정리하는 경우도 가능하다. 하지만 난 가장 애매한 경우에 빠졌다. 상처를 받았다는 느낌만 있을 뿐, 상처의 실체를 객관적으로 설명할 자신이 없었다. 그와 나 사이엔 확실히 정리할 만한 관계성도 없었고 사연이나 갈등도 없었으며 심지어 너무 오래 지난 일이었다. 그러니 시간이 약이라는 선조들의 두루뭉술한 처방을 최선이라고 여기며 애써 그 사람을 피하는 수밖에는……

그렇게 계속 내 마음 한구석의 작은 상처와 찜찜함을 덮어두던 중 《고민이 고민입니다》를 쓴 정신과 전문의 하지현이 나오는 팟캐스트를 듣다가 애초에 내 고민은 방향이 잘못됐다는 걸 알게 됐다. 누군가가 너무 신경 쓰이고 불편하며 심지어 싫어질 때, 현실적으로 불가능한 해결에 몰두하기보다는 '설마 나를 죽이기야 하겠어?'라고 생각해 보라는 거다. 듣는 순간 헛웃음이 터지면서 그때까지의 내 고민이 한없이 가볍게 느껴지는 게 아닌가. 생각해 보면 먼저 호의를 표했다가 뜬금없이 싸늘하게 군 건, 그 사람 마음이지 내 마음이 아니다. 예측이 어려운 상대의 반응에 전전긍긍할 게 아니라 애초에 내게는 특별한 감정이 없었다는 걸 떠올리면, '저 사람 참 제멋대로인 사람이군, 알 수 없는 사람이군' 정도로 넘길 수도 있는 건데 말이다.

물론 나는 기억하지 못하는 내 행동에 그가 실망했을 수도 있고 기분이 상했을 수도 있다. 뭐 그럴 수 있지. 내가 모든 사람 마음에 들 수는 없으니까. '그렇다고 설마 죽이기야 하겠어?' 이렇게 생각하기 시작하니까 마음 구석에 박혀 있던 찜찜함도 상처도 사르르 녹아버렸다. 그를 어느 모임에서 또 마주칠지 모르지만, 이제는 잘 대할 수 있을 것 같다. 아니, 신경 쓰지 않을 것이다. 혹시 살다가 또 이 비슷하게 애매한 상처를 받더라도, 이제는 며칠만 찜찜할 수 있을 것 같다. 꿈까지 꾸진 않아도 될 일이다. 인간관계에서 상대의 반응을 살피는 것은 자연스러운 일이지만, 지나치면 힘들고 소모적이라는 걸 배웠으니 이제는 사람을 대할 때 조금은 무디게 대할 수 있을 것 같다.

특별한 화해 없이

용서하게 되는 마음

시로를 산책시키는 일이 귀찮아진 신짱.

겨우 나간 산책길에 나나코 누나를 마주치지만,

시로가 다른 방향으로 가려고 고집을 피우는 바람에 나나코 누나를 놓친다.

짱구는 말한다. "시로랑 다신 안 놀아! 저런 개가 왜 우리 집에 있는 거지? 나 열 받았어!"

《크레용 신짱》 27권 92쪽에서

카페에서 내가 가장 좋아하는 자리는 출입문 바로 옆자리다. 노트북을 들여다보는 게 지겨워질 때면 고개를 돌려 커다란 통유리 밖을 쳐다보곤 한다. 그러면 주인과 함께 지나가는 개들의 신나는 엉덩이를 볼 수 있기 때문이다. 가끔은 이런 광경도 목격한다. 두 사람이 함께 카페에 와서 한 명은 개의 끈을 잡고 서고, 한 명은 주문하러 가는 것이다. 그때 개는 꼼짝도 하지 않고 앉아 놀라운 집중력으로 주문하는 사람만 뚫어지게 쳐다보는데, 불과 3분 전에 헤어진 사람과 재회하는 순간 앞다리를 들고 펄쩍펄쩍 뛰면서 온몸으로 반긴다.

개들은 어쩜 저럴까!

온종일 표정 없던 내 얼굴에 웃음이 번지는 순간이다. 근데 이런 감동적인 장면도 서너 살은 넘은 개들에서나 가능한 일이다. 그보다 어린 천방지축 개들에게는 통하지 않는다. 1초도 가만 있지 못하고 보도블록 냄새 하나하나를 모두 맡고야 말겠다고 날뛰는 개를 보면, 우리 개가 어렸을 때 인터넷 검색창에 수도 없이 입력해 본 문장들이 떠오른다.

개가 온종일 뛰는데 정상인가요?
(정말 온종일 뜁니다. 자면서도 뛰어요)
개가 장판과 벽지를 모두 뜯어먹어서 혼을 내도
장난인 줄 알고 더 신나서 날뛰는데 정상인가요?

(구두까지 먹었어요. 제일 비싼 가죽으로요)

이제는 개가 좋아서 뛰는 건지 발작을 하는 건지

구분이 잘 안 되는데 정상인가요?

(혹시 뇌에 문제가 있는 건 아닐까요? 정말 심각합니다)

지금 생각해 보면 웃음이 나지만, 당시엔 정말 심각했다. 활력이 넘치는 성장기의 개는 집 안의 모든 것을 파괴했다. 나는 그런 개를 지치게 만들기 위해 매일 세 시간씩 산책을 시켰지만, 근육만 더 탄탄해지는 결과를 초래했다. 기운이 달리는 엄마가 날뛰는 개의 줄을 잡으려다 손가락이 찢어지는 부상이 발생하고 나서야 우리는 개를 학교에 보내기로 결정했다. 이천 년대 초반의 반려동물에 대한 인식은 지금보다 더 열악해서, 그곳은 말이 학교였지 지금 생각해 보면 군대 같은 곳이었다. 낮에는 운동장에서 달리거나 훈련사와 함께 걷기 등 명령에 따르는 훈련을 하고 밤에는 견사(犬舍)에 갇혀 잠드는 곳. 아직 세상에 '강형욱'이 없던 시절, 훈련과 보상이 늠름한 개를 만든다고 믿던 시절이었다. 우리는 군대에 보낸 막내를 면회하는 심정으로 주말마다 서울에서 남양주까지 갔다. 통제 불능이던 개가 얼마나 점잖게 훈련사의 무릎 옆에 붙어 걷는지 눈으로 확인했다. 짧은 만남 끝에 껑껑 우는 개를 뒤로 하고 집으로 돌아왔다. 나도 매번 울었다. 한 달이 넘었던 그 훈련 기간이 끝나고 개는 분명 달라져서 돌아왔다. 이제 와 생각해 보면 조금 후회되는 결정이었다.

졸업을 기념하며 개를 데리고 물가에 놀러 갔을 때, 생전 짖는 일이 없던 개가 남자 어른만 보면 짖어댔다. 희한하게도 신발을 벗어 양손에 들고 균형을 잡으며 물을 건너는 남자만 보면 짖었다. "얘, 아무래도 운동화로 맞았던 것 같아." 언니의 말에 나도 동의했다. 다행히 얼마 뒤 짖음도 없어지고, 세상에 둘도 없는 순한 개가 되었다. 개가 사람과 함께 거의 이십 년을 살기 위해 적응의 시간이 고작 일이 년쯤 필요했던 건데, 그걸 견디지 못하고 가족과 생이별을 하게 한 게 지금도 정말 미안하다. 그 개는 다행히도 중간에 헤어짐 없이 우리 식구로 십칠 년을 살고 떠났다.

개를 기르는 일이 문득 무서울 때가 있다. 생후 3개월쯤 되던 때 만나 온종일 내 발꿈치만 따라다니던 개가 이따금 얼굴도 잘 알아보지 못하고 온종일 누워 죽음을 기다리는 모습을 보았을 때, 다시는 개와 함께 살지 못할 거라는 생각이 들었다. 요즘 나는 나 아닌 한 생명을 책임진다는 일의 무게가 얼마나 무거운지를 하루하루 느낀다. 지치지도 않고 놀아 달라며 나를 귀찮게 하던 개가 걸을 힘조차 없어졌을 때, 생명이 꺼져가는 늙은 개를 보고 있으면 말로 표현하기 힘든 심경이 된다. 내게 와서 떠날 때까지 매일매일 행복한 순간을 선사했음에, 힘들 땐 위로를 주었음에, 세상에서 내가 가장 중요한 사람인 것처럼 매 순간 온몸을 다해 반겨주었음에 감사하다. 결국엔 그 모든 것에 감사하게 된다.

짱구와 시로를 볼 때마다 개와의 관계 만들기에 서툴렀던 지난 시절이 떠오른다. 개가 처음 우리 집에 왔을 때는 당연히 매일 함께할 거고 한 시도 떨어지지 않을 거라고 장담했지만, 첫 마음과는 달리 많은 날에 그 약속을 지키지 못했다. 매일 나가는 산책이 귀찮아 빨리 들어가자고 재촉하기도 했고, 멀리 여행을 가고 싶은데 개를 봐줄 사람이 없어 포기하게 되면 조금은 원망스럽기도 했다.

개를 우리 집에 들인 건 순전한 나의 의지였으면서도,
사랑에는 책임이 따른다는 당연한 진리를 외면했던 것이다.

제멋대로이고 이해할 수 없는 말썽에 도가 튼 짱구지만 그럼에도 불구하고 사랑할 수밖에 없는 건, 짱구가 보여주는 시로와의 우정 때문이다. 짱구는 오갈 데 없는 강아지 시로를 데려와 최선을 다한다. 개를 돌보는 일에 소홀했다가 곧 미안해하고, 미워했던 전보다 더 사랑한다. 그렇게 돈독해지는 둘 사이를 보고 있자면 개와 함께였던 어린 시절이 떠올라 코끝이 찡해진다. 아직 짱구는 어려서 개와 산다는 게 얼마나 많은 시간과 책임이 따르는 일인지 모를 것이다. 그리고 개는 인간에게 일방적인 사랑만 주다가 결국엔 나보다 먼저 떠나는 존재라는 사실도 모를 테지.

하지만 귀찮아하고 함부로 굴다가도 이내 마음에 걸려

창밖으로 빼꼼히 지켜보는 그 마음…….

결국엔 춥지 말라고 이불을 덮어주는 그 마음이 차곡차곡 쌓여

시로와의 세월이 만들어질 걸 생각하면 내 맘이 다 설렌다.

만화 속에서 짱구는 언제까지나 어린아이고, 시로 역시 짱구 곁에 영원하겠지만, 우리는 이후의 삶을 상상할 수 있다. 그 삶은 사소한 계기로 멀어지다가도 특별한 화해 없이 먼저 용서하게 되는 마음, 사는 게 바빠 잊고 지내다가도 힘들 때 가장 먼저 생각나는 사랑으로 채워질 것이다. 가족이란 그런 것이기 때문이다.

짱구와 시로의 모든 동화를 사랑한다.

누군가를

돌보는 마음

인질이 된 짱구와 기우뚱 맨션의 주민들.
권총을 빼앗아 탈출을 시도하지만, 범인은 권총이 하나 더 있었다.

《크레용 신짱》 33권 47쪽에서

좋아하는 동생을 따라 동네 체육관을 찾았다가 근육질 남자들이 거칠게 운동하는 모습에 반해 당장 등록을 한 게 시작이었다. 그렇게 체육관에 다닌 지 수년째, 운동 실력은 딱히 늘지 않았으나, 동네 친구들이 많이 생겼다. 그중 한 명이 운동을 업으로 삼는 프로 선수였다.

"누나! 오늘 운동 다 했어요? 더 하고 가야지!" 그 친구는 내가 평생 쏟은 에너지를 다 끌어모아도 그 친구의 일주일 치 에너지도 안 될 거라고 생각될 만큼 활력이 넘쳤다. 그 친구는 언제나 커다란 가방을 등에 메고 다니며 나의 하루 운동량을 체크했다. 운동선수들은 흔히 큰 가방을 메고 다닌다지만 흡사 어린이가 한 명 등에 업힌 것처럼 보일 정도로 커서 나는 그 가방 안이 늘 궁금했다. 아마도 그 안에는 운동복과 운동화, 수건과 목욕용품 같은 것들이 있지 않을까 추측했다. 하지만 그걸 다 넣고도 남을 정도로 너무 큰 가방이었다.

"대체 그 가방 안에 뭐가 들어 있는 거야?" 결국 참지 못하고 물어본 날, 그 친구는 활짝 웃으며 가방을 내게 열어보였다. 그 안에는 내가 예상한 품목들뿐만 아니라 양말과 속옷 여러 벌, 에너지바와 아몬드 같은 간식, 스포츠음료와 건강 보조제, 그리고 뿌리는 파스와 바르는 파스, 붙이는 파스 등 각종 상비약까지 갖춰져 있었다. 그냥 미니멀 라이프를 즐기는 한 사람의 살림을 통째로 부어 놓았다고 해도 과언이 아닐 정도였다.

그날 이후 내가 운동을 마치고 허기가 질 때, "아, 바나나가 먹고 싶다~" 하면 그 가방에서 바나나가 나오고, "목마르다~"라고 하면 비

타민 음료가 나왔다. '이런 건 없겠지?'라고 생각하고 "초콜릿이 먹고 싶다~" 하면, 몸에 좋은 카카오 90%짜리 초콜릿이 나왔다. 심지어 운동기구를 잘못 만지다 손가락이 베였을 때는 손톱깎이와 소독약, 밴드 등이 줄줄 나와 응급처치를 할 수 있었다. '최고의 정리 컨설턴트' 곤도 마리에가 울고 갈 정도였다.

> "대체 왜 이렇게 많은 살림을 가지고 다니는 거야?"
> "다 필요해요, 누나. 혹시 모를 돌발 상황은 있기 마련이니까 있으면 안심이지."

아니, 그러게 말이야. '안심'이란 얼마나 좋은 것인지를 잊고 있었네. 준비성이 철저한 것과 집착에 가까운 불안은 종이 한 장 차이일지도 모르겠지만, 어쨌든 이 커다란 가방은 예상치 못한 상황에 마음을 돌보기 위한 도구 같았다.

연예인과 매니저의 일상을 보여주는 예능 프로그램에서 이런 장면이 나왔다. 매니저가 〈1박 2일〉 촬영을 가는 연예인에게 '혹시 몰라서' 준비했다며 가방 안에서 소화제와 구강청정제 같은 걸 줄줄이 내놓는 장면 말이다. 그 모습을 보니 더 그런 생각이 들었다. 무언가를 미리 챙기고 준비해두는 건, 그 대상을 아끼고 돌보는 마음이 아닐까······.

나도 앞날이 불안해질 때

안심하는 마음을 긴급 처방할 수 있는 것들을 준비해 볼까 싶다.

커다란 가방까지는 아니어도

짱구처럼 주머니에 달콤한 초코바를 두 개씩 넣어둔다거나,

마시면 기분이 좋아지는 맥주 세 병 정도는

냉장고에 항상 갖춰두는 식으로 말이다.

종이 개구리의

**위로**

일주일이나 시로에게 밥 주는 것을 깜빡한 짱구. 그러나 멀쩡한 시로.
시로에게 줄 밥을 누군가 대신 주는 것 같은 생각에 시로의 뒤를 따라간다.
그리고 시로에게 '아이젠하워'라고 부르며 밥을 챙겨주는 누나를 만나게 된다.

《크레용 신짱》13권 29쪽에서

여름이었다. 나는 출근길에 오토바이에 치이는 사고를 당했다. 신호가
바뀌었는데도 정지선을 지나 달려오던 오토바이와 부딪친 것이다. 내
몸은 공중으로 잠시 부양 후 바닥에 떨어졌고, 오토바이는 쓰러졌다.
나는 내 앞에서 교복을 입은 남학생이 툭툭 털고 일어나 쓰러진 오토
바이를 일으켜 세운 뒤 내 쪽은 쳐다보지도 않고 도망가는 모습을 지
켜볼 수밖에 없었다. 뺑소니였다. 무슨 정신이었는지 그 와중에도 나는
오토바이 꽁무니에 달린 번호판을 중얼중얼하면서 일어나 저만치 떨
어져 있던 가방을 줍고 인도 위로 올라갔다. 정류장에 서서 멀뚱히 바
라만 보던 사람들을 원망할 겨를이 없었다. 가방에서 휴대폰을 꺼내
112를 눌러 번호판 번호부터 불렀다. 경찰차는 금방 도착했고 나를 태
우고 병원으로 가주었다. 조회 결과, 오토바이는 도난으로 신고된 차량
이었다. 그가 그렇게 서둘러 도망친 이유였다.

허리 통증과 뇌진탕 때문에 몇 주간 병원에 입원해 있어야 했다. 몸이
아픈 것보다 정신적 스트레스 때문에 고통스러웠다. '뻔뻔하게 훔친 오
토바이로 신호 위반까지 하고, 감히 사람을 치고 달아나?! 그런데 그게
하필 나라니!' 기계적인 말투로 어차피 못 잡는다고 말하는 경찰을 보
며 나는 온 동네를 다 뒤져서라도 찾아내리라 결심했다. 이틀 동안 근
처 중·고등학교 홈페이지를 모두 뒤져 교복을 확인했지만, 어찌 된 게
다 똑같은 흰색 반소매에 쥐색 바지뿐이었다. 분하지만 복수를 포기하
고 말았다.

이제 남은 건 지루한 몇 주간의 병원 생활이었다. 정형외과 병동에 입원해 본 사람은 알 것이다. 보험사와 합의가 끝나지 않아 장기입원 중인 중년의 여성들은 텔레비전 리모컨을 독점하는 '병실의 터줏대감'이라는 사실을……. 그들은 교통사고 전문가(?)답게 새로 들어온 환자들의 합의금이 얼마나 나올 수 있는지 견적도 뽑아준다. 그들의 눈에 나는 불쌍한 사람 중에서도 가장 불쌍한 뺑소니 사고 피해자였다. 종일 입을 다물고 지내도 저절로 알게 되는 교통사고 관련 지식과 함께 가장 나쁜 사례로 마지막에 내가 언급되는 것도 이젠 아무렇지 않을 지경이었다.

아침 드라마 스토리도 전부 꿸 정도로 적응했을 때쯤, 내내 비어 있던 옆 침대에 초등학생 남자아이가 들어왔다. 보호자가 대부분 엄마인 어린 남자아이들은 남자 병실이 아닌 여자 병실에 입원하곤 했으니까. 그 아이는 아파트 안에서 자전거를 타다가 차에 치여 다리가 부러졌다고 했다. 나는 병실의 누구와도 대화를 나누지 않았지만, 그 아이에게 말을 걸어야 할지 고민했다. 더운 날씨에 발가락부터 허벅지까지 깁스한 아이가 불쌍했지만 말을 선뜻 건네지 못했다. 그 애의 엄마는 일이 바쁜지 병실에 거의 오지 않았고 아이의 몸에선 불쾌한 냄새가 났다. 그 아이는 쉬지 않고 머리를 긁고 팔을 긁고 바지에 손을 넣어 엉덩이를 긁었다. 또래 친구 하나 없는 병실은 다리가 다쳐 꼼짝할 수 없는 아이에겐 너무 괴로운 공간 같았다.

어느 날 점점이 푸른빛 곰팡이가 박힌 빵을 먹는 아이를 본 나는 아이에게 처음으로 말을 걸었다. "그거 먹지 마." 아이가 쭈뼛거리며 말했다. "여기만 떼면 돼요.", "아냐, 점이 찍힌 건 곰팡이가 빵을 다 점령했다는 뜻이야. 안에 포자가 다 퍼져 있어." 빵을 쓰레기통에 버리는 아이의 얼굴에 아쉬움이 묻어 있었다. 나는 서랍을 열어 초콜릿이 박혀 있는 쿠키를 아이에게 건넸다. "이거 먹을래?" 아이는 "고맙습니다~"라고 인사 한 뒤 쿠키를 맛있게 먹었다. 어쩐지 조금 귀엽다는 생각이 들었다.

그러고는 잘 기억나지 않는다. 특별히 기억날 만한 대화라는 게 될 리가 없잖아. 다만 그 아이와 매일 한 번씩 답답한 병원 밖으로 나와 병원 건물 뒤에 설치된 인공미 넘치는 개천의 산책로를 같이 돌았다. 매일 혼자 걷던 산책길을 그 애의 휠체어를 밀어주며 함께 걷게 되었다. 처음 말을 건 게 후회될 만큼, 아이는 수다스러웠다. 나는 아이가 하는 말의 대부분을 알아듣지 못했다. 그래도 매일 함께 걸었다.

몇 주가 흐르고, 아이보다 내가 먼저 퇴원을 하게 되었다. 짐을 꾸리는 내내 그 애는 크게 아쉬운 표정으로 침대에 기대 있었다.

"빨리 나아서 학교에 가." 마지막으로 아이에게 인사를 했다.
상을 펴 놓고 오전 내 꼼지락대던 아이가
대출 광고 전단지를 뜯어 작게 접은 종이 개구리를 내게 내밀었다.
"누나 빨리 나으세요. 행운의 개구리예요."
"야, 나는 이제 퇴원하는 거고 너야말로 빨리 나아야지."

그러자 그 애가 무어라 진지하게 대꾸를 했는데
나는 또 못 알아들었다.
"알았어, 고마워. 개구리랑 잘 지낼게."

망설이느라 한 번도 아이의 머리를 감겨주지 못한 게
한동안은 생각이 났다.

세상에서

**가장 가까운 타인**

《크레용 신짱》 21권 20쪽, 21쪽에서

아마 초등학교에 들어가기 전일 것이다. 혼자서 일 나간 엄마를 기다리던 장면이 문득문득 떠오른다. 어린 시절의 기억은 전부 다 흐릿하지만, 그날은 또렷이 기억하고 있다. 정확히 그때가 언제였고, 무슨 계절이었는지는 전혀 기억나지 않지만 조용한 집 안에서 혼자 엄마를 기다리던 오후가 사진처럼 박혀 있다. 너무 좁아 이름을 지어 부르기엔 애매한 공간, 무릎을 웅크리고 옆으로 누우면 차갑게 뺨에 닿던 장판의 느낌……. 그렇게 작게 누워 있으면 세상이 한없이 고요했다. 그렇게 작게 누워서 나는 현관문에 달린 반투명한 유리창 위로 구름이 지나가느라 얼룩을 만드는 걸 하염없이 바라봤다. 나는 엄마가 올 시간에 맞춰 강아지처럼 쪼르르 문 앞에 나가 있었지. 엄마가 올 때가 되었는데 오지 않으면, 가끔은 스르르 눈이 감겼다. 흐릿한 구름이 움직이면 나도 따라서 눈이 떠지곤 했다.

엄마는 요구르트 아줌마였다. 일을 마치고 돌아오는 엄마의 손에 들린 비닐봉지에는 요구르트가 몇 개 담겨 있었다. 나는 엄마가 너무 반가우면서도 시선은 엄마 손부터 향하는 것을 어쩔 수가 없었다. 반가워 엄마의 목에 매달려 안기면서도, 엄마가 빈손인 날에는 서운함을 감출 수가 없었다. 그 요구르트들은 엄마가 팔고 남은 것들이며 공짜가 아니라는 걸, 어른이 되고 나서야 알게 되었다. 엄마가 빈손인 날은 슬픈 날이고, 그렇지 않은 날은 기쁜 날로 기억하고 있었는데 사실은 그 반대였다. 대리점에서 억지로 떠넘긴 요구르트를 다 팔지 못하는 날엔, 엄마가 돈을 주고 사 가야 하는 거였다. 그런 줄도 모르고 엄마의 손에는 너무 무거웠을 요구르트를 나는 너무 기쁘게 먹었다.

"엄마, 엄마."

"왜? 우리 아기?"

"내가 다 자라면 엄마 요구르트 파는 거 도와줄게."

"마음만이라도 정말 고맙다. 후후."

짱구는 발이 다 낫는 순간 다시 철부지 꼬마로 돌아갔지만, 지금 이렇게 어른이 된 나는 어떤 모습일까. 엄마는 나를 낳았을 때 이미 요구르트 아줌마에서 미싱 아줌마를 거쳐 수많은 아줌마를 지나 할머니가 되었는데, 대체 난 얼마나 더 자라야 엄마를 돕겠다고 한 약속을 지킬 수 있을지 대답할 자신이 없다. 일찍 결혼한 친구 중엔 짱구만 한 아이가 있는 친구도 있는데 말이다. 아이를 키워보니 엄마의 마음을 알겠다는 친구의 이야기를 듣고서 그렇다면 아이가 없는 내가 엄마의 마음을 알 방법은 없는 것인지 생각했다. 그래서 엄마에게 부모의 마음은 자식을 낳아봐야만 알 수 있는 것인지 물었더니, 1초의 망설임도 없이 그렇다고 대답했다. 그럼 엄마는 내가 자식을 낳길 바라냐고 물었더니, 이번엔 한참 뜸을 들인 뒤 대답했다.

"자식을 낳고 안 낳고는 순전히 너의 선택이지만,

292

나에게는 너라는 딸이자 친구가 있는데
너에게는 그런 존재가 없다고 생각하면 조금 아까워.
넌 이 기분이 얼마나 좋은지 모를 테니까……."

부모의 마음이 어떤 건지 자식을 낳아봐야 아는 거라면,
어쩌면 나는 평생 자식의 마음밖에는 모를 테지.
하지만 자식의 마음 또한 언제나 어린 시절에 머물러 있지만은 않다.

엄마의 보살핌을 기다리던 마음이
엄마를 보살피고 싶은 마음으로 자라고 있으니까.
그래서 다행이다.

**멀쩡한 어른 되긴 글렀군**

**초판 1쇄 발행** 2020년 9월 15일  **초판 17쇄 발행** 2025년 2월 3일

**지은이** 최고운
**펴낸이** 최순영

**출판1 본부장** 한수미
**컬처 팀장** 박혜미
**디자인** 섬세한 곰

**펴낸곳** ㈜위즈덤하우스 **출판등록** 2000년 5월 23일 제13-1071호
**주소** 서울특별시 마포구 양화로 19 합정오피스빌딩 17층
**전화** 02) 2179-5600 **홈페이지** www.wisdomhouse.co.kr

ISBN 979-11-90908-57-3 03810